講談社文庫

幕末ダウンタウン

吉森大祐

講談社

幕末ダウンタウン

目次

明治七年に没した話芸の名手・初代桂文枝は、幕末期の上方で活躍をした。破天荒にして大胆不敵なその芸風は、維新の混乱に翻弄される幕末の京・大坂の寄席において確立されたのである。

一　新参隊士　播磨精次郎

人でごったがえす路地を抜けると、広い河原に出る。
慶応《けいおう》三年、京都、四条大橋《しじょうおおはし》。
抜けるような青空が心地よい。
橋のむこうの劇場の幟《のぼり》が、軽やかにはためいている。
手前の河原には見世物小屋の葭簀《よしず》張り——。
（……嘘みたいやな）
精次郎《せいじろう》は、思った。

この町では、夜な夜なサムライたちが、血で血を洗う殺し合いをしている。

それなのに町人たちは、われ関せず。

そりゃ、おサムライはんの世界のできごとでっしゃろ、とばかりに初夏の昼下がりを楽しんでいる。

「こっちの苦労も知らんと」

精次郎はつぶやく。

精次郎は、京の町の治安維持の任を担う新撰組《しんせんぐみ》隊士だ。

小柄だが、鍛え上げられた体軀。

眉の太い不敵な目つき。

それでいてどこか幼さの抜けない陽に焼けた顔。

二本の刀を腰にブッ差して――が、なにか似合わない。

それもそのはず、今年の春、大坂での新隊士募集に応募したばかりの新参であった。

腕っぷしには自信があったし、飯《メシ》が食えてサムライになれるのならと応募した新撰組だったが、入隊してみると、その仕事は想像していたのとは全く違った。

幹部の身の回りの世話、妾宅《しょうたく》への炊き出し、会津《あいづ》本陣《ほんじん》への使い、市中巡邏《じゅんら》では乞食《こじき》の尋問――。治安を守るどころか、雑事に追われ、剣の腕を磨くひまもない。
そのうえ、同僚の隊士はどいつもこいつも驚くほどに強かった。
デキる仲間たちに囲まれ、日々が忙しく流れていく。
とりあえず何か手柄をあげないと、陽のあたる場所には出られそうもない。
(手っ取り早《ばよ》う、どっかに手柄は落ッとらんもんか)
そんな気持ちで非番の今日も、町に出た。
しかし道を行く人々は、みな優しげで、幸せそうで、到底悪人には見えない。
「ホンマに、不逞《ふてい》の浪士なんぞおるんかいな……」
橋の欄干によりかかり、懐手《ふところで》して空を見上げる。
橋向うの北座《きたざ》には、大坂の歌舞伎役者・尾上多見蔵《おのえたみぞう》の幟と看板。
手前の寄席からは、カラチャッチャと客寄せの拍子木。
ふだんは雅びた京の町も、このあたりは賑やかな盛り場で活気にあふれている。
そのときだ。
背後から、
「濱田《はまだ》はん!」
呼びかける声。

（えッ——？）

精次郎は緊張した。

それが、過去の名前だったからだ。

濱田精次郎は、大坂船場《せんば》の賭場にくすぶっていたころの名前。

新撰組に入隊後は、サムライらしく、播磨《はりま》精次郎直胤《なおたね》と名を改めてある。

（誰や？）

腰の刀に手をあてながら、慎重に振り向く。

人ごみのむこうに、妙に頭の大きな、ヒラメのような平らな顔つきの男が手をふっていた。

（むッ——。わしゃ、あの男を知っとる——）

まずい。大坂時代の知り合いや。

大坂時代、精次郎はゴロツキだった。大手をふって話せるような暮らしはしていなかったのである。

「濱田はん、嬉しいなあ、こんなとこで会えるっちゅうんは」

男は、満面の笑みを浮かべ、人ごみをかきわけ、近づいてくる。

よく通る声だ。

「あれ、口のききかた忘れはったんかいな?」

男は、何も考えていない大声で、怒鳴るように言う。

「新撰組に入ったちゅうことは聞いとったけど、昔なじみのツラまで忘れたんかいな」

え、新撰組?

町を行きかっていたひとびとが、足を止めてこちらを見る。

こんな新参の顔、誰も知るまい、とタカをくくって町に出ていたが、こうなるとどうしようもない。

鋭い目つき。

鍛え上げられた鋼《はがね》のような体軀。

育ちの悪そうな憎体《にくてい》——。

どこから見ても、新撰組だ。

「と、藤兵衛《とうべえ》はん」

「せや、思い出したか。わしや、藤兵衛や。またの名を桂文枝《かつらぶんし》や。えろう見違えたなあ、濱田はん」

それは精次郎が、大坂船場の賭場の用心棒をしていたころつるんでいた噺家《はなしか》だった。

「い、今は、播磨精次郎直胤と名乗っとる」

「なんちゅういかつい名前や」

「サムライらしいやろ」

「ま、ええわ。出世したのう、いよっ、新撰組」

「や、やめんかい」

「ええ、やめんかい、ってか」

文枝は大はしゃぎだ。

「おサムライにならはって、腰のもんを新調すると、口の利き方まで変わるんかのう」

道行くひとは、路傍でわちゃわちゃと話すふたりを、気味悪そうな顔つきで見ている。

不敵な顔つきの若いサムライと、裾を端折《はしょ》った大坂モンらしき遊び人——どう考えても、釣り合わぬふたりだ。

しかも、サムライのほうは、新撰組の隊士だという。

「こ、ここはどうも、場所が悪いわ」

精次郎は、言った。

文枝は、肩をすくめて、

「そのようでんな――」

と舌を出した。

「嫌われたはるな、新撰組」

「おそれられとるんや。せやから、京の治安は守られとる」

「ま、どっちでもよろし」

ふたりは祇園《ぎおん》に、河岸《かし》を変えた。


桂文枝（藤兵衛）は、大坂の噺家である。

弟子や小者も抱《かか》え、その筋では新時代の名人と認められた存在だった。

精次郎とは、二年前、大坂船場の賭場で知り合った。

変わった男だった。

根っからの浪花《なにわ》っ子で、ともかくにぎやか。

口から出る言葉の九割は冗談。どこに肝《きも》があるのやら、呑む、打つ、買うの三拍子がそろって女と金で厄介を抱えては、賭場から賭場へ、寄席から寄席へと逃げ回っていた。

ただ、夢ばかりは大きかった。

「わしゃ、日本一《にっぽん》の噺家や。ただの名人やない。せいぜい貸しとけよ。桂文枝ってのはそのうち、二代目、三代目と名跡がつがれる看板になるで。あんたの前におるんは、文枝やない。初代文枝や。覚えとき」

これが当時の文枝の口癖だ。

その熱にあおられるように、精次郎も言った。

「おう、わしも、立派なサムライになったる。京で鳴らしとる近藤勇《こんどういさみ》は武蔵《むさし》の百姓の出や。将軍警護の新門辰五郎《しんもんたつごろう》は、江戸の侠客《きょうかく》。今は乱世や。わしみたいなもんでも、腕さえあったら、いくらでも取り立てられる時代や」

京坂に集まる男たちの、世界を変えてやろうという熱気の中に、ふたりもいたのだ。

祇園の入り口にあった茶屋の小あがりに座ると、文枝はあたりまえのように酒を注文した。

精次郎は、嚙みつくように言う。

「文枝はん、なんで京におんねん」

「あんたが京にいるいうさかい、追いかけてきたんや」

「うそこけ」

「あ、ばれとる」

「わかるわ」

文枝は、肩をすくめた。

細い目がくるくると色を変える。

相変わらずだ。

「実は、でっかいヘタ、打ってのお――」

まずい筋の借金をつかんでしまった、と文枝は言った。

借りたときは、わからなかった。

賭場で負けが込んだとき、親切な商人が、十両、二十両、と貸してくれたという。

「あほやのお」

精次郎はあきれた。

「わしゃ、なんちゅう親切なお人やろと思てな」

「そんなわけないやろ。そうやって目ぼしい客に高利を貸して身ぐるみ剝《は》ぐんは賭場の手やろが」

「頭に血ィのぼっとって、わからんかった」

結局、金が返せるわけもなく。

賭場の若い連中に捕まって、親分の前に連れていかれ、持ち金を全て取られたあげくに腕を斬られそうになったのだという。

「イカサマしたんか？」

「しとらんわ。ただ負けただけや。とほほ……」

金主《きんしゅ》の親分を前に、文枝は必死で訴えた。

「か、勘弁してくだはれ！　なんでもやるさかい、腕を斬るのは、勘弁してぇな」

蝮《まむし》、と言われたその親分は、猪首《いくび》で眇《すがめ》の不気味な男だった。

舐めるように文枝の顔を見て、言った。

「なにを言うとる。こりゃ渡世のケジメやで——芸人は舌さえあればええんやろ。腕の一本ぐらい、なんでもあらへんがな」

「違う。わしは、単なる芸人やない」

「どういうことや」

「名跡がつがれるような名人になる男や」

「ええ度胸じゃの。せいぜいなるがよろし」

「噺家は、見台をカラチャッチャと景気よく叩かなあかん。うどんをこう、見事にすってみせにゃあかん。名人には、腕が必要なんや」

「ふうん」

「稼いだら、返すさかい、勘弁したって！」

必死の文枝に親分は笑い、ジブンの芸に免じて腕や指を斬るのだけはやめたるわ、と言った。

だいたい、腕を斬ったところで一銭にもならへん。

その代り、身ぐるみ置いていってもらうで——。

というわけで、文枝は、あらゆるものを、金主に渡さねばならなくなった。

わずかな着物から、古今の書物、古い家は借家だったが、それもどういうわけか取りあげられた。

女房子供はいないから、弟子も小者も、息のかかった者はみんな引き渡す——ひどい話だ。

ついに、いよいよ何も渡すものがなくなったとき、文枝は親分に、他に金目のもんはないんかい、と凄まれた。

「わしは噺家ですさかい。あとは頭ン中に入っとる噺ぐらいしかあらしまへん」

「よっしゃ、それや」

「へ？」

「噺ぐらいしかないいんやろ、お前の財産は」

「そんな無茶な」

「まずは、わしが知っとる大ネタから、質に入れイ！」

「ご無体な——」

「なんじゃ」

「桂一門の大ネタちゅうたら……〈崇徳院《すとくいん》〉と〈千早《ちはや》ぶる〉かいな」

「よし決めた。桂文枝の〈崇徳院〉と〈千早ぶる〉は、今日からわしのもんや」

それは、上方落語界の伝説、桂文治《ぶんじ》の名作であった。

初代桂文治は江戸時代中期に活躍した名落語家で、いわゆる桂派は、この文治から始まった。文枝の師匠は四代目文治である。

流派の大事な噺を売ってしまうとは、あきれた話だ。

「でもまあ、そこそこ高《たこ》う買《こ》うてくれたで」

出された甘い団子を頬《ほお》ばりながら、文枝は言った。

しかし、ここで終わらないのが桂文枝らしい。

「せやけど、そのうち、また金がなくなってもうてなあ」

飯のタネであった旅物の大作〈三十石《さんじっこく》〉を質入れした。

これは、大坂で庶民のあこがれだった「お伊勢《いせ》参り」を題材にした名作落語である。

文枝が最初に認められた噺であり、いわゆる十八番《おはこ》であったが、借金とあらば仕方がない。命を取られるよりもマシである。

「これが一番高こ買《た》うてくれたな」

「まあ、あんたの看板やさかいな」

「せやけど、これでは高座でやるネタがどんどん減ってくだけで、当然借金は返せへん。そうなると、つぎつぎネタを質に入れなあかん」

やがて〈淀川心中〉も〈蛸芝居《たこしばい》〉も——。んでもって〈池田の猪買《ししか》い〉も。

「ありゃ、〈池田の猪買い〉もかい」

旅ものは得意のネタであったから、文枝はいよいよ窮することになった。

大坂時代、文枝は〈池田の猪買い〉でトリをつとめることもあったのだ。

一刻も早く、金を作って、噺を請け出さねばならない。

文枝は、前座ネタの〈これこれ博打〉を高座で演じたが、前座ネタではたいしたおひねりも出ない。

一発逆転を狙って、賭場で大きく張った。

そして、案の定、また負けた。

こうして文枝は、前座ネタまで、ヤクザに質にとられた。

もはや、やる噺はない。

ついに、高座に出ても黙っているしかなくなった。

客は、なんか喋らんかいな、と騒いだが、文枝は、

御噺質入候
(噺を質にいれてしまいました)

と書いた紙を口に貼って、ただ高座に黙って座り、見台を、張り扇でぱんぱんと叩き続けたという。

「あほかいな……」

精次郎は、口をあんぐりとあけた。

どこの世界に、噺を質に入れる噺家がいるというのだろう。

しかも、それを質草として受け取る蝮の親分も親分である。

ここのところの世の混乱で、親分もヤケになっているのではあるまいか。

「でのう、さすがに噺がのうなったらわしも終わりや――。そしたら親分はんが
……」

大坂では、自分があんたの噺を質草として取ったんやから、高座にかけてはあかん。

しかし、京に、兄貴分がおる。

そこの高座であれば、自分の質草の噺を演《や》ることを許したる。

せいぜい稼いで、早く請け出せ。

噺の質流れなんざ、誰に流せばええのかようわからんわ……。

「と、言わはってな」

大坂の親分から、京の親分のところに流されて、京四条の寄席で毎日〈三十石〉ばかりを演じている。

「もう、かなわんわ」

うんざり、という表情で、文枝は言った。

しかも、その〈三十石〉は質草なわけだから、実入りは当然親分衆に流される。

「おひねりと、席亭《せきてい》のオゴリだけで生き延びとる――情けない」

精次郎は、あきれた。

この芸人は、いったい何をやっておるのか。

どこまでが冗談で、どこまでが本当なのかわからない。

「けったいやで……」

精次郎は、ぐびりと酒を呑んだ。

その姿を見て、文枝は言う。

「濱田はんは、景気よさそうやな」

折り目のついた袴に、羽織もしっかりと鏝《こて》をあててある。

月代《さかやき》も剃って、顔も洗っていた。

どう見ても立派なサムライだ。

「その名前はやめてくれ。もう捨てた名や」

「あ、すまへん。播磨精次郎はん……。慣れへんなあ」

「慣れや」

「精次郎はんは、今や、立派なおサムライはん。天下の新撰組や——。給金は、ええんやろ？」

「まあ、なあ……」

精次郎は言いながらも、首をひねった。

これは、いいと言ってよいのだろうか？

確かに、給金は八両。大坂船場のゴロツキだったころに比べたら、夢のような金額だ。

しかし、明日、死ぬかもしれない。

仕事はろくなものじゃないし、それでも手柄をあげねば、士道不覚悟の名のもとに、処断されることもある。

新撰組の場合、処断とは、切腹のことである。

そう考えると、明らかに給金は命代であり、命代だとすると安いものとなってしまう。

精次郎は、そのへんを、とつとつと文枝に話した。

「腕に自信はあったさかい、世に出る好機と思て飛び込んだんはええけど、なかなか大変やわ。新撰組の幹部は、おっかない連中やし、隊士も全国から腕自慢が集まっとる。どいつもこいつも生き残るために、目の色変えて手柄を立てたがる。不逞浪士を見つけたときなんか、取り囲んで、メッタ刺しやで。自信なくなるわ……」

「はー」

「わしも、早《は》よ手柄を立てんと士道不覚悟ちゅうことになるわ」

「やっとサムライになったちゅうのに、そらまた、そっちも大変やのう」

文枝はにやりと笑った。

「まあ、わかったわ。昔馴染みのあんたの悩み、わしが引き受けようやないか」

文枝の怪しい笑顔を見て、精次郎は、ハッと我に返る。

いかん、この男は、根本的にはイチビリだ。

任せておくと、ろくなことにはなるまい。

「待て待て。そんなつもりやあらへんわ」

「遠慮すな！　わしとあんたの間柄やないか」

信用できぬ。

文枝は自信満々だった。

「わしは、金はないけど知恵がある。あんたは、金があるが頭が悪い」

「悪かったな」

「とにかくわしも、策を考えるで。要は、あんたに手柄をあげさせればええんでっしゃろ」

「やめとくれ」

精次郎はあわてて言った。

「まあ、まかせときなはれ。その代りと言うたらなんやけど」

「む」

「今日みたいに酒を呑ませとくんなはれ」

あきれた。

文枝は、今日この場の払いも、さらさらする気はないのだった。

「三日に一度とは言わん。ああ、五日に一度……もうヤケや。十日に一度でどや！」

「どや、やないわい」

「精次郎はん、忘れんなや。わしは伝説の名人になる男やで。桂文枝の名は、何代も続く大名跡になる。そしたらあんたの名前も残るんやで。奢《おご》っとけ！　今のうちに、奢っとけ！」

文枝は、大坂時代とまったく同じセリフを精次郎に聞かせるのだった。

六月。

新撰組は、隊士一同、幕臣として取り立てられた。

局長の近藤勇は見廻組与頭格。堂々たる将軍御目見得《おめみえ》以上。

副長の土方歳三《ひじかたとしぞう》は同肝煎《きもいり》格。

以下、助勤は見廻組格、諸士調役兼監察《しょししらべやくけんかんさつ》は同並、とそれぞれの格に応じての取り立ての内示があった。

精次郎ら平隊士も直参《じきさん》である。

なんでも、以前から幕臣への取り立ての儀はあったものの、局長が「同志を含む全員の取り立てでなければ意味なし」と突っぱねていたのだという。近藤勇ここにあり、である。新撰組隊士は一様に喜びに沸いた。

しかし、この取り立てによって、新撰組の旗幟《きし》は、より鮮明となった。

新撰組は一軍すべて幕府・徳川の臣であり、薩摩《さつま》、長州《ちょうしゅう》とは一線を画することを、改めて天下に知らしめたのである。

(大丈夫やろか——)

精次郎は、思った。

世は、薩摩になびきつつある。

その世論を敏感に感じ、新撰組の一部が離脱したばかり。

そのあとも脱走を画策するものが後を絶たない。

つまり、新撰組にとって時勢の逆風が吹いている。

これは、隊士の引き留め策ではないのか。

「……けど、給金は二十両、になった」

やや暗い顔で、精次郎は言った。

昼下がりの清水《きよみず》門前坂——。

文枝が酒でも呑ませろというので、お互いのヤサから遠いところで落ち合うことにしたのだ。

坂の途中にある小さな葭簀張りの茶店だった。

よい香が薫《た》き染《し》められた上品な店だ。

文枝は、わがことのように明るい顔をする。

「二十両！　ええ話やのう。わしに預けい。倍にして返したるわ」

「じょ、冗談ちゃうわ」

「バカにしたモンやないで。わしは玄人《くろうと》や」

「その玄人が、身ぐるみはがされて京に流されたやないかい」

「あちゃ、そこをツッコむんかいな！」

「こっちは、大真面目や」

確かに、幕臣に取り立てられて給金が出るのだから、悪い話であるわけはない。

実際、食うや食わずで田舎から出てきた隊士たちは、みな、興奮しきっていた。

しかし、なぜか精次郎は、もろ手をあげて喜ぶという気持ちにはなれなかった。

ほんの数ヵ月前まで、大坂船場の賭場の用心棒として、食うや食わずのゴロツキだったのである。

それが、やれ隊士だ、隊服だ、雑用だ、炊き出しだ、市中巡邏だと、引っ張りまわされているうちに、幕臣にまで成り上がってしまった。

あっという間だ。

(そんなうまい話があるんかいのう)

これが正直なところだった。

何か裏があるのではないか。

これは単に、身の危険が迫ったということではないのか。

（死にたないわ、正味な話）

まだ、たいした仕事もしていない。

名前だって世に出ているわけではない。

播磨の田舎の出である精次郎にしてみれば、世にそんなにうまい話があるわけがないというのは自明のことなのだ。

その証拠に、この内示の後すぐ、武田観柳斎《たけだかんりゅうさい》という幹部が粛清《しゅくせい》される事件が起きた。

幹部ですら、簡単に粛清される。

その事実は、精次郎を驚愕させた。

武田観柳斎は、軍学を修め、槍術の名手でもあった。

荒くれ者が多い新撰組の幹部の中では、それなりに世間が見えている頭の良い人という印象があった。

精次郎のような下っ端には、何があったのかはわからない。

噂では、この武田は、局外の人脈を通して薩摩に通じ、隊の機密を漏らしたという。

どこまでが真実かはわからない。

だが、真実だとするならば、武田の気持ちはよくわかる。

新撰組では、江戸以来の古参幹部たちの結束が強く、その関係性も特殊だった。

外様は、なかなか評価されない。

そして武田は、幹部ではあっても江戸以来の主流ではなかった。

（せやから、薩摩と通じたんや——）

そう思った。

この組織では、よそ者は、結局よそ者なのだ。

武田の粛清の際、精次郎ら下っ端隊士にお呼びがかかることはなかった。

しかし、数日後、武田の協力者であり、薩摩との間の連絡役となっていた善応《ぜんおう》という僧を取り締まるべしとの命令を受けた。

取り締まるといったって、新撰組のことだ、それで済むわけではない。

殺すのである。

組頭の井上源三郎《いのうえげんざぶろう》を先頭に出撃した精次郎ら六番隊は、醒ケ井《さめがい》通松原《まつばら》にてこの僧を捕捉し、取り囲んだ。

罪人といっても、ただのちんまい僧である。背中をとん、と押すだけで、よろよろと倒れそうなジジイであった。

そんな枯れ木のようなジジイを、居丈高に呼び止め、白刃をきらめかせて、四方八方からメッタ刺しにする――。

隊士は、仕事をした、という成果が欲しい。

みな、一太刀でも傷つけようと必死である。

（お役目とはいえ、ひどいな――）

ほとんど死にかけた老人に、野良犬のごとく殺到する同志らを見ながら、精次郎は思った。

正々堂々と悪者を切り刻むのならともかく、よぼよぼの老人をなぶり殺しにするのである。

しかし、仕事とあればやるしかない。

（わしらぁ、よろよろしたジジイをなぶり殺すために、高い給金をもらってるんやな）

そう思った。

こんな仕事は、幹部はやらない。

江戸以来の古参幹部がやるのは、話題になるような、大きくて派手な仕事だ。

下っ端は、組織のために、泥だって呑まねばならない。

（そのために、わしらはカネで飼われとるんや）

泥を呑まずに済むようになるためには、手柄をあげるしかない。

手柄をあげるには、粛々と毎日の仕事をやるのではだめで、なにか特別なことをやらねばならない。

「ああ、なんとかせなあかんなあ」

つぶやく精次郎に、文枝は、酔眼で言う。

「つらいのう、宮仕えは」

「うるさいわ」

「芸人は浮草渡世やさかい、気楽なもんや」

「芸人風情が――」

「アホにすなや、わしも、考えたで」

「なにを」

「あんたに手柄をあげさせる方法が何かないか、いろいろ考えてみたんや……」

などとつぶやきながら、懐から紙片を取り出し、渡した。

「まあ、これを見てみい」

なにやらびっしりと文字が書いてある。

「なんじゃ、これは」

精次郎は目をこすった。

そこには、こんなことが書いてあった。

【新撰組小噺　その壱】
　ワシ、こう見えて、新撰組ですねん。
京の人らは、壬生浪《みぶろ》、壬生浪ちゅうてバカにするんやけど、
誰が風呂屋じゃやコラ。
こんど、あいつ（近藤、会津）に言いつけたるぞ。

「ん？」

精次郎は、首を傾げた。

目をこすって読み進む。

【小噺　その弐】
　このまえ、長州の不逞の浪士を叩っ斬ったんですわ。

あ、不逞（太え）の浪士といっても、痩せとった。

長州は斬りやすいですな、貧乏やから痩せておる。

斬りにくいのは、ここだけの話、薩摩ですな。

まったく薩摩は、しまつ（島津）に困る。


【小噺　その参】

土佐《とさ》の方々ぁ、鶏を丸ごと煮るのだそうですね。

丸煮かしら（丸に柏）

【注】丸に柏は、土佐山内家家紋

精次郎は、青くなった。

「な、なんじゃ、こら」

「新撰組小噺や」

「あ、あほか！」

「考えれば考えるほど、やっぱわしが教えられるのは、小噺くらいやさかいの」

「なんで小噺が手柄になるんや！」

「手柄になるかどうかわからんけど、ウケるでー。ほんまもんの新撰組隊士が演《や》る、新撰組小噺。あんた、四条の河原亭《かわらてい》に出たらよろしい」

「なんで新撰組隊士が寄席に出なあかんねん」

精次郎は、叫ぶように言った。

「そ、そないなことしたら、殺されるわ」

「まあ、落ち着いて聞いとくれや」

文枝はひとくち、酒を呑む。

「寄席いうんは、卑賤《ひせん》のモンが集まる場所や。サムライの世界みたいに、どこの家中や、どこの流派や、ちゅう名乗りはあらへん。どっかから流れてきよった連中の吹き溜まりやで。もし、あんたが、市中に潜《もぐ》っとる間諜《かんちょう》をさぐりたいんやったら、寄席を見張るのがよろし」

「寄席に、不逞浪士がいるっちゅうんか?」

「不逞浪士がおるかどうかはわからんが、それぞれ出自の怪しいモンが多いのは事実や」

「――ううむ」

「せやけどなぁ、あんた。寄席ちゅうんは、おサムライはんが来るところやない。おサムライがおったらおかしいわ。ほなら、どうするか。芸人になりきるのが一番ちゅうわけや」

「げ、芸人に？」

「三年前の、池田屋《いけだや》騒動――新撰組が名をあげた不逞浪士との斬り合いやな。あんとき、山崎烝《やまざきすすむ》っちゅう新撰組隊士が、薬屋になりすまして池田屋に潜伏《せんぷく》したゆうやないかい。山崎はんっちゅうのは、たいしたモンやで。まるっきり薬屋になりきって、誰も新撰組の隊士やて気が付かへんかったいうやないか。山崎烝ってのは、今や組の幹部やろ。あんたも、それを、やるんや」

「それにしたって」

「手柄が欲しかったら、人と同じことやっとってもあかんで――。楽屋潜入や。どや！」

真面目な顔で、文枝は言うと、うんうんと頷《うなず》き、

「わし、ええこと言うなあ」

と、手酌で酒を呑む。

「友だちを大事にするわしは、ほんまにええ男やな。精次郎はん、せいぜいわしを大事にせえよ」

「え、ええかげんにせえ」

いつも冗談しか言わないその顔を、張り倒してやりたかった。

言うに事欠いて、芸人になれだと？

この男に相談するのではなかった。

「こっちは、冗談やないんやで」

精次郎は、泣きそうになった。

文枝と会った帰り。

精次郎は、京の南の郊外、佐女牛井《さめがい》の辻にある団子屋〈おがわ〉に立ち寄った。

佐女牛井は、不動堂《ふどうどう》村の屯所からすぐ近くにある町で、幹部たちはこの近辺に、それぞれ女を囲っている。

近藤勇、永倉新八《ながくらしんぱち》の両妾宅。

原田左之助《はらださのすけ》の新居もこの一角にあった。

精次郎たち下っ端隊士は、市中巡邏の当番がない日は、これらの妾宅の警護に出たり、食事や手紙を届けたり、掃除洗濯の下働きに出向くことになっている。

妾宅からの行き帰りに立ち寄るのにちょうどいい場所にあるこの店は、新参の若手隊士たちの、息抜きの場になっていた。

古参のたまり場は壬生郷士の屋敷で、新参のたまり場は佐女牛井のこの店だったのである。

〈おがわ〉は、でっぷりと太った亭主と、にこにことして口数の少ないおかみ、それに明るくにぎやかな娘のなつの三人で切り盛りしている小さな店だった。

なつの年のころは、十六、七。

健康的に太って丸い顔をした愛嬌のある娘で、若手の隊士たちの間で人気者になっていた。

その中のひとり、二番隊の佐々木《ささき》粂太郎《くめたろう》という男とは恋仲である。

精次郎ら新参の若者たちにとっては、身内のような気のおけない仲間であった。

このなつに、精次郎は、聞いた。

「なつは、京の生まれやな。どや。京は変わったか?」

「うーん。ようわからへんけど、三、四年前よりは、不逞の浪士も減った気ぃするわ。刃傷沙汰も減りましたし」

「それは、新撰組のおかげやな」

「せや。ただ、小さな事件は減ったけど、大きな事件は増えた気がします」

「どういうことや」

「三年前は、どこぞでおサムライはん同士の斬り合いがあったちゅうような話ばかり。けど最近は、会津と薩摩が戦うとか、白川《しらかわ》の土佐の寮があやしいとか、桑名《くわな》がどうやとか、いちいち偉いお大名の名前が出てくるようになった」

「なるほど」

「新撰組も、昔は、乱暴者やけど身近な感じで、やんちゃなお兄ちゃんらいう印象やったけど、今は、不動堂村にお屋敷も出来はって立派にご出世や。近藤先生はもう直参やろ。昔と違って近寄り難い。もう天下の旗本や」

「ふむ――」

「なんちゅうんかなあ、事件の数は減ったけど、大きさがまるっきりちゃうんよ」

「そうかもしれんな。……新撰組の評判はどうや？」

「評判？」

「遠慮せんでよろし。他の誰に言うわけでもないさかい、正直に言うてほしい」

「ええんちゃいますか」

「ほんまかいな？　ほんまのことを言わんか」

「京のおひとは、口が悪いさかい、気にされたはるかもしれませんけど、正味な話、悪ない思いますよ。新撰組ができる前は今よりひどかったですし」

「そうなんか」

「前は、人殺しやら、押し借りやら、娘が手籠《てご》めにあうこともあったし、田舎の浪士たちが悪さばかりしてはった。それが、新撰組ができてからは、一応、おさまった思いますねん」

「一応？」

「一応、やな……。新撰組かて、いろいろ悶着《もんちゃく》をおこしはるやろ？」

「……うむ」

「でも、確かなことは、昔よりもようなったいうことや」

「その割には、バカにされとるやないか。この前も壬生浪て言われたぞ」

その会話を聞いていた、なつの父親である団子屋の亭主が、でっぷりした体を揺らして、笑った。

「京もんは昔から、田舎者をバカにします。それだけどっせ」

「む？」

「バカにしながらおそれ、御愛想言いながらくさす。それが京もんや」

「ううむ」

「人畜無害のうわさ話や。気にせんほうがよろし」

「そういうもんかの」

「手柄さえあげとれば、ええんちゃいますか。京もんは、会津やろが、薩摩やろが、ええのんや。この町で戦が起きて焼かれるようなことさえなければ」

「ふうむ」

「長州や土佐はヘタすると京の町に火ィつけはるけど、新撰組が火ィつけることはない。つまり、マシや、ちゅうことやな」

「――――」

「ともかく、今んとこ、わしら町人は、新撰組に頼るしかないんやから。あんたらに気張ってもらわな」

その言い方は、決して、皮肉や意地悪ではなかった。

新撰組の若者たちへの親愛の情がこもっている気がした。

このひとは、新参の若者たちを、近くでずっと見てきている。

年の功か、近所のよしみか、幹部たちとも時折、話をしている。

だから、見えているのだろう。

世間知らずの田舎の若者たちが、夢みたいな条件を出されて雇われ、汚れ仕事をさせられている。

尊皇や尽忠報国は、もの知らずの若者に夢を見させるための方便である。

そして大人たちは、いつでも若者たちの夢を利用する。

団子屋の亭主には、その構図が痛いほどに見えていたのだ。

「む。そうやな」

精次郎は、改めて頷いた。

なんとなく、力が湧いてくる。

「なつ、怪しい浪人を見たら、屯所へ伝えてくれ」

「へえ。ここは、番所よりも屯所のが近いさかい、きっとそうします」

「――とくに、長州弁と土佐弁を聞いたら、すぐだ。わしにでも、佐々木にでもええから、教えてくれ」

「へえ」

なつと、亭主はにこにこ笑いながら、頷く。

「最近、新撰組の隊士はんが来ると、みな、同じ事いいますねん」

「さよか」

精次郎は、笑った。

ここのところ、精次郎ら若手隊士は、幹部から市中取締りの強化を命じられている。

先日、副長の土方歳三は隊士を道場に集め、人相書きを配りながら叫ぶように言った。

「長州者はもとより、土佐の石川誠之助《いしかわせいのすけ》と才谷梅太郎《さいたにうめたろう》。この両名を捕縛したるもの、大手柄であるぞ。石川、別の名を横山勘蔵《よこやまかんぞう》、または中岡慎太郎《なかおかしんたろう》。過激公卿および長州と長年にわたり意を通じ、武器弾薬集め、京の町を火の海にせんと企むものなり。才谷、本名を坂本龍馬《さかもとりょうま》といい、長崎にて黒船を買い集め、大坂を襲わんとしている侠客の大物だ。この両名、金策のため、京の町に出入りしたる情報あり」

土方の言うことだ、間違いないだろう。

しかし、精次郎のような下っ端には、どこに行けばそいつらを捕縛できるのかは想像ができない。

辻の団子屋の娘に頼んだからとて、不逞浪士の情報が、そんなにたやすく入るようには思えない。

やっぱり、文枝の提案に乗るしかないのだろうか。

（――しかし、芸かあ……。わしには、無理やわ……）

精次郎は、頭をかかえた。

二　六番隊組頭　井上源三郎

夏の、嵐の日であった。

横殴りの雨が叩きつけ、激しい風が吹いている。

精次郎は、所属する六番隊の組頭である井上源三郎とともに、大原《おおはら》へ出張っていた。

畑の真ん中に、野良小屋があり、その軒下に小さくなって、嵐が叩きつける屋敷を遠目に眺めている。

過激派の公卿・岩倉具視《いわくらともみ》が蟄居《ちっきょ》している屋敷であった。

足元は泥に汚れ、体もじっとりと濡れている。

ふたりは刀を体全体で抱くようにして、嵐に揉まれていた。

「こんな日は、何もないと良いがのう」

井上は、貧乏くさく両手をこすりながら、言った。

精次郎は、小さくなって、その武士の手元を見ている。

井上は、豪傑が集う新撰組の中でも、古参の幹部であった。

若者が多い新撰組の中では、珍しく年かさの、土の匂いのする穏やかな男だ。

近藤勇の最古の弟子にして縁者。副長の土方歳三、一番隊組頭の沖田総司《おきたそうじ》とも遠縁にあたる。

池田屋騒動や、蛤御門《はまぐりごもん》の変、天王山《てんのうざん》における真木和泉《まきいずみ》との戦いにも参戦し、多くの手柄をあげた豪勇の士であるという話だが、今はその面影もなく、どこか好々爺然《こうこうや》としている。精次郎のような新参の若者の世話も積極的に焼いてくれていた。

「敵は、来るんでしょうか」

精次郎は、雨に震えながら、聞いた。

「わからんのう……。だが、かの才谷梅太郎、すなわち、坂本龍馬だな。奴は今、京を離れ、長崎にいるという。坂本がおらねば過激の士があつまるは、岩倉のもとであろう。この屋敷を見張るのは、理にかなったことだ」

「過激の士は、何を企んどるんでしょうか」

「わからぬ。しかし怪《け》しからぬことを企んでいるに違いないわい。なにしろ、自分らの思い通りにするためには、御所を襲うぐらいのことは平気でやる奴らだ」

井上の目じりのしわを見ていて、なぜこの幹部は、このような役割を引き受けるのであろうかと思った。

新撰組の剣士と言えば、近藤、土方、沖田、永倉、原田――彼らはもっと、華々しい場所で活躍している。

井上は、彼らと同じように古参であり、近藤らと同じ天然理心流《てんねんりしん》の使い手であるにもかかわらず、ずっと地味だ。

井上は、口下手で、穏やかで、なんでも引き受ける。

それゆえに過小評価されているように思える。

このひとは、本来、このような場所で、精次郎のような新参者とともに雨に濡れているような立場ではない。

誰かに任せて、はい一丁上がり、で良いはずなのだ。

新撰組は、井上の人柄を、利用している。

そして、井上も、その現状を、甘んじて受け入れている……。

「なんで、岩倉卿の監視に、他の幹部は出えへんのですか?」

問うと、井上は、笑った。

「近藤、土方は忙しいのさ」

「はあ」

「沖田は病気だし、永倉は剣客だ」

「――――」

「みな、それぞれ、手一杯なのだ――」

「それでも、不平等です」

「不平等とな?」

「公卿の目付なんて大事な仕事のはずやのに、誰も見向きもせえへんやないですか。地味で面倒な仕事やからですよ」

「地味かな?」

「このような仕事は、みんなが、平等にやるべきです」

「これが、わしの役割だ」

「役割、ですか」

「いいか、みなが、大きくて派手な仕事ばかりをやっていては、組織はもたぬぞ。誰かがやるべきことをやるから、組織は機能する」

「それを井上先生ばかりに押し付けるのは――」

「押し付けられてはおらんぞ」

「僭越《せんえつ》ながら、わたしは悔しいんです。みな、いざ困ると井上先生に頼る。なんでも押し付けるくせに、普段は、どこか軽く扱っとるように思える」

精次郎が正直に言うと、井上は、困ったような顔をした。

雨の中、ほうっと、手に息をふきかけて、言った。

「どうでもいいことだ」

「…………」

「およそ男子の仕事とは、やりたいことをやることではない。やるべきことをやることだ。誰にも、やるべきことがある。わしにもまた、やるべきことがある」

「それが、他の幹部の手柄のための女中仕事でも、ですか」

「女中仕事？」

「そうじゃないですか？」

「そのように考えてはおらぬな」

井上は、にこにこと笑っている。

「役割だ、と思っておる」

「…………」

「近藤、土方、沖田にはできない役割だ」

「…………」

「誰もが夢中になる大きな仕事は、彼らに任せておけばいいのだ。誰も見向きもしないが、誰かがやらねばならない仕事——それをみな引き受ける。それが、わしの仕事だ」

「…………」

「そして男子にとって、それが、一番難しい仕事だと思っておる」

井上の言葉に揺るぎはなく、迷いのかけらもなかった。

しかし精次郎は、このひとは人が良すぎる、と思った。

実際、世に轟《とどろ》く名前と言えば、近藤、土方、沖田ではないか。

井上など、誰も知らぬ。

世に出るには、もっと、自分が前に出ねばならない。自分は有能だと、大声で叫び続けねば、ふさわしい仕事はやってこない。そういうものではないのか。

「わたしには、理解できません」

「若いときには、わからなくてよい。やるべきことは、わかるべきときに、ちゃんとわかる。天が命ずるゆえになあ」

天が命ずるゆえ、か。

精次郎は考えた。

なぜこのひとは、こんなに落ち着いているのだろう。

土方歳三、沖田総司、永倉新八、山口二郎《やまぐちじろう》、原田左之助……彼らは、間違いなく花形の剣士たちであった。

彼らは、いつも正しい。

堂々としていて、サムライとしてあるべきふるまいに揺るぎはない。

しかし。

それだけが新撰組ではない。

正しい剣士がやる、正しいふるまいだけが新撰組ではない。

老人をなぶり殺しにするのも、妾宅に飯を届けるのも、雨の日にずぶぬれになって公家の家を見張るのも、みんな新撰組だ。

そんな〈その他の新撰組〉を、井上はすべて引き受けている。

（それはこの人が、剣士として弱いからやろうか？）

野良小屋の軒先から滴り落ちる雨粒を見ながら、精次郎は考えた。

実力がないから、そういった役割しか回ってこないのだろうか？

そのとき、

「出たぞ」

低い声で井上源三郎が言った。

ハッと我に返って、見ると、遠く田圃《たんぼ》の畔《あぜ》を、体を低くして岩倉屋敷に近づこうとする人影がふたつ。

「何者でしょうか」

「この嵐の日に、岩倉卿に会おうという士《もの》だ。過激の不逞浪士に違いない。得物を今一度確認せい」

井上は落ち着いている。

しかし、精次郎は慌てた。

なにしろ、ろくに実戦に参加したことがないのだ。

あわてて刀の目釘を確かめ、帷子《かたびら》の肩紐が取れていないかをひっぱって確認した。

ぱんぱんと、両手で頬を叩く。

しっかりしろ。

働くべき時ではないか。

「むっ——」

井上が気合一閃、野良小屋を飛び出す。

精次郎も慌てて、そのあとについて飛び出した。

刀を抜きながら、畔を歩く人影に向かって、一目散に走る。

ごうごうと、風の音が響いていた。

浪士たちは、井上と精次郎に気付かない。

井上は、颯《はやて》のように近づくと、

「不逞の者！」

と叫ぶが早いか、斬りつけた。

「新撰組副長助勤、井上源三郎推参！」

ごうごうと吹き荒れる嵐の中、その声はかき消され気味だ。

「同・六番隊、播磨精次郎」

必死で、精次郎は名乗った。

相手が、体勢を立て直すのが見える。

「承《うけたまわ》った！」

横殴りの雨のむこうで、ぼろぼろの垢《あか》じみた着物姿の浪人が、刀を抜くのが見えた。

「……藩浪人……助——衛門！」

相手も名乗ったが、嵐にかき消されて聞こえない。

きっとわしらの声も、相手に届いておるまい、と精次郎は思った。

思いっきり、斬りつけてくる。

がっという音がして、井上と浪士の影が重なった。

ごう、という音のあと、浪士が崩れ落ちるのが見えた。

もう一人の浪士は、道から田に飛び込み、身がまえるが早いか、なにか得物を投げつけてきた。

風のせいか狙いは定まらず、それは背後に飛び去ったが、息もつかせず、精次郎の脛《すね》を斬りつけてきた。

精次郎は、つんのめるようにそれを避《よ》けると、不覚にも足をすべらせ、両手を泥の道についた。

面を割られる！

そう思った瞬間に、井上が駆けつけ、浪人を背中から、袈裟懸《けさが》けに斬った。

「ぎゃうっ」

断末魔の叫びを残して、浪人は絶命した。

泥だらけになって、精次郎は立ち上がった。

足元には、ふたつの浪士の死骸。

精次郎と井上は、嵐の中、肩で息をしたまま、しばらく立ちつくした。

岩倉屋敷から、下男らしき人影が出てくるのが見えた。

こちらを、見ている。

井上が、叫ぶように言った。

「京都守護職預かり新撰組六番隊組頭、井上源三郎。卿がおわす寝所を侵す、不逞の浪士を発見。御成敗つかまつった！」

下男らしき人影は、一言も発せず、そこに立ち、雨に打たれている。

「ゆくぞ」

井上に促され、精次郎は我に返り、つき従う。

全身、泥にまみれていた。

ごうごうと横殴りの雨の降る、大原の田舎道を、まっすぐにふたりは歩いていく。

「ふりかえるな」

背中に、岩倉の目が張り付いているかのように感じながら、南へ南へと急ぐ。

京の町の屋根のつらなりが見えた。

あそこまで、早くたどり着かねば。

歩みを急がせながら、精次郎は、たった今見た、井上の目を瞠《みは》るべき働きぶりに驚愕していた。

ふだんは、昼行灯《ひるあんどん》と評されるほど静かで、押し出しも弱く、貧乏臭くてバカにされている。

しかし、それだけの人ではない。

この人は、このじじむさい表情の奥に、計り知れぬものを隠し持っている。

すると、濡れながら、井上は言った。

「播磨よ。貴様、何を悩んでおる？」

「はっ？」

「どんな屈託があるかは知らぬ。しかし、今は大事の時」

「――――」

「悩むな。もし、悩むなら、一刻も早く決着をつけるのだ。まもなく新撰組は、巨大な戦争に巻き込まれる。戦場は、迷っている人間が生き残れるような甘っちょろいところではない。自分が何者かわかっておらぬものは、生き残れぬ。貴様は若い。生き残ることを真剣に考えよ」

井上は、そう言うと、

「いいな」

と肩を叩いた。

「貴様のような若者が、来《きた》るべきこの国の明日を創るのだ。迷いは捨て、今は働くべし」

「井上先生は、悩みはないんですか？」

「ない」

井上は、言った。

「もう、それほど若くないのでな」

そう笑う。

その眼は澄んでいて、なによりもきらきらしていた。

この不思議さは、なんだろう。

この井上の雰囲気は、どこから来るのだろう。

井上は落ち着いており、若い自分ばかりがふわふわと興奮していて地に足がついていない。

（しっかりしろ）

精次郎は必死に考えるが、いったい、どうしっかりすればいいのか、まったくわからない。

そして目の前の井上がただ者でないことがわかったとしても、どこがどうただ者でないのかは、まったくわからなかった。

三　播磨大神楽　染之助・染太郎

四条河原亭の楽屋口に文枝を訪ねると、文枝は高座に出ていた。

小さな楽屋口から、にぎやかな笑い声が、わっ、わっ、と聞こえる。

文枝の張り上げる声と、人びとが手を叩き、木札を鳴らして喜ぶ陽気な音。

内容はわからないが、文枝が爆笑をとっているのは間違いない。

しばらくすると、文枝が汗をふきふき、降りてきた。

「お、精次郎はん。やっと決心してくれはったか？」

「勘違いすなな。御用改めじゃ」

低い声で精次郎がいうと、文枝は肩を落とした。

「無粋《ぶすい》やなあ……。むかしのあんたは、こうやなかったで」

「わしゃ、サムライじゃ。新撰組隊士じゃぞ」

「ま、そういうことにしときまひょか」

文枝は肩を叩く。

「あんたとわしの間や。しゃあないやろ――。せやけどここは寄席や。サムライの世界にサムライのしきたりがあるように、寄席には寄席のしきたりがある。そこはケジメや。守ってもらうで」

文枝はそういうと、腰のものを預かるよう、下足番に命じた。


長い廊下の先に楽屋があって、その脇に舞台への上がり口があった。

その段差に座って、高座を眺める。

驚いたことに、客席は満員であった。

京の人びとの娯楽に対する欲望の底知れぬ力を感じる。

それだけではない。

大坂より桂文枝が来ていることもその一因であった。

寄席の前に幟もあった。

文枝は、わずかな間に、その名をずいぶんと売ったようだ。

(噺を質に入れたことも、話題になっとるんやろな)

精次郎は、想像した。

(京の親分かて、大坂からの預かりもんがいるうちに、できる限り稼ぎたいはずや
——)

この街の顔役ともなれば、手広く宣伝するなどは朝飯前であろう。手下どもが、あちらこちらで文枝のことを吹聴して回っているに違いない。

(それにしても、えらい景気や)

それは瞠目《どうもく》すべきことであった。

寄席の演目は、落語だけではなかった。

三味線、小鼓を入れた楽曲——。

笛は篠笛《しのぶえ》と能管《のうかん》がある。

替え歌に、小唄。

にぎやかなものだ。

ただ、怪しいものは、いない。

武芸をやっていれば、肩の盛り上がりや、座布団の上げ下げといった所作にさえ、サムライの癖が出るはずである。

そういった体型、雰囲気をもった男は、いなかった。

言葉も、同じ。

地方出身者はどうしてもなまりが出るものだが、いずれもきれいな京ことばか、大坂弁であった。

(うーむ。文枝はんは、ああ言うたが、やっぱ寄席を見張るんは、無駄かの)

間諜には、間諜臭があるものだが、一見したところそれもない。

精次郎は目をこらした。

舞台の上では、中年女が小唄の芸を続けている。

そういえば、文枝も、大坂時代は小唄を得意としていた。

興が乗ると、酒の席でも、戯《ざ》れ歌を披露しては、喝采を浴びていた。

もうやらないのだろうか。

そんなことを考えていると、ちょっと驚くほどの美女が登場した。

緋色の振袖。

まるで島原《しまばら》の天神のような華やかないでたち。

性別不明の小姓をふたり引き連れ、真ん中の演台に座った。

三つ指をついた頭をあげると、小首をかしげ、不敵な笑みを浮かべている。

背が高いのと、目もとが鋭いのが難だが、小ぶりながら、形の良い鼻と、その下にある桜の花びらのように可憐な唇。

陶器のような透き通る肌に薄く化粧をしている。決して芸者のような濃い化粧ではない。それが蠱惑《こわく》的である。

ほう、と客席からため息が漏れる。

(――お座敷芸でもやるんやろか)

そう思って見ていると、意外にも、出し物は漫談であった。

両手をそろえて頭をさげると、落ち着いた快い声で、美女は噺を始めた。

「お客様――今日は、よう来てくれはりました。まあ、男前ばかりがようそろうてもろて。ちょいと、そこの。あんさんのことちゃいまっせ」

どっ。

と客席が沸く。

「こう見えて、うちは、四国は伊予《いよ》松山の産ですねん。京のみやこに出てきて、はや十年——。いろんなことがありました。本日はお客様に、松山芸者と京三本木《さんぼんぎ》芸者の違いちゅうものをお見せします——」

そんなことを言いながら、両者の違いを面白おかしく演じる。

酒の注ぎ方。

銚子の中の酒がなくなった時の、仲居の呼び方。

もちろん、京は上品にし、松山を粗雑に演じてオチに使うのだが、その間が絶妙であった。

客席は、熱に浮かされたように女の一挙手一投足に惹きつけられている。

次に、大坂芸者と京芸者。

ふたりの芸者が客を奪い合うさまを、一人二役で演じきる。

これがウケると、島原の天神と祇園の舞妓の違い。

客席は、大爆笑である。

（こ、これは——）

薄暗い舞台袖の闇の中で、精次郎は、息を呑んだ。

他の、どんな芸人よりも面白い。

花街を題材にした物まねであり、憑依芸《ひょうい》でもあった。

しかもそれが、深雪大夫《みゆきだゆう》にも負けないほどの美女によって演じられている。

決してなよなよしていない。男勝りであり、下世話でもある。それでいて女性らしさも忘れぬ。

何より表情がよい。

きらきらと喜びの光に満ちており、気分がよい。

四条河原亭の拍手喝采は鳴りやまなかった。

(凄い……)

今日一番の芸人であった。

こうしてしばらく、舞台袖で寄席を見ていると、暗闇から文枝が近づいてきて、耳打ちするように聞いた。

「どや、精次郎はん」

「む」

「怪しい奴は、おったかいな?」

「不逞浪士らしきものはおらなんだが……」

精次郎は、言った。

「あの女芸人は、ちと凄いのう」

「…………」

「あの美しさ。人をつかんで離さへん形態模写の芸——あれは、何者や」

「……さすがやな、精次郎はん」

文枝は言った。

「あの女、三年前の蛤御門の変から三本木のお座敷に出られへんようになった元芸妓やそうや。三年前まで三本木のお座敷を爆笑の渦に巻き込んどったいう、伝説の芸妓や」

「伝説の、芸妓」

「なんで、その芸妓がお座敷に出られなくなったんかのう」

「なんでや」

「そりゃ、わしも知らん」

暗闇で、文枝の目がキラリと光った。

「ただ、怪しおまへんか？　なんでこの女は、お座敷に出られへんようなったにもかかわらず、故郷に帰らんとまだ祇園の近くで寄席なんぞに出とるんかのう？」

三年前の蛤御門の変といえば、京の政局を牛耳っていた長州勢を、薩摩・会津連合が武力出動し追放した大政変だった。

当時、京にあって長州の過激派を率いていたのは、桂小五郎《かつらこごろう》。

彼は、この政変とともに失脚した。

桂小五郎を捕縛せよ。生死は問わぬ。

これが、当時の京都守護職、京都所司代から出された命令であった。

新撰組、見廻組は血眼になってその行方を捜した。

桂は、泥の中を這いずり回るかのように、京の町じゅうを逃げ回った。

支援者の家から家へ。

裏道から抜け道へ。

橋の下の乞食にまでも化けて、逃げたという。

そのとき、密《ひそ》かに桂を守り、逃走を手助けしたのが、桂の最愛の恋人であった幾松《いくまつ》である。

幾松は、その美貌をうたわれた三本木の看板芸妓であった。

彼女は、密かに桂との連絡役を買って出て、その脱出をお膳立てした。

近藤以下十名の新撰組隊士が、幾松の在所に乗り込んだ際、桂が脱出する時間を稼ぐため、近藤勇の前で舞を披露した、という話は半ば伝説のようになっていた。

(三本木——あの幾松とつながりがある女なんか？)

それはわからない。

ついていた旦那もわからぬ。

ただ、幾松と同じ三本木の芸妓であった、というだけの話だ。

しかし、なんらかの理由で座敷に出られなくなった、というのなら、その理由が長州との結びつきであった、という可能性は充分にある。

「長州の紐付きだという見込みはあるんかのう？」

緊張した顔つきになった精次郎を見て、文枝はわざとくだけた口調で言った。

「わからへん。……単に、食うに困って寄席に出るようになっただけかもしれんさかい」

「あの女、名はなんていうんや？」

「——松茂登《まつもと》、や——」

「ま、まつもと……」

「芸妓松茂登、で通っておる」

「ほう」

「まあ、なんやしらんけど、ええ女やで、ほんまに」

文枝は、うっとりと、遠くを見るような目つきで言った。

「伊予松山出身いうんもええな。色気があるわ」

「まつもと、か」

「で、どうする？　御用改めするんかいな？」

「む」

精次郎は考えた。

今、つかまえて詮議するのは簡単だ。

しかし、それがいいことであるとは思えない。

証拠があるわけでもないし、半端な詮議をしたら逃げられてしまう。

「まだや。もう少し探りたい」

そう説明すると、文枝は、唇に人差し指をつけて考えた。

「ふうむ。もしそうなら、あんたがサムライの格好で楽屋に出入りするのは、やっぱようない。目立つさかいな。明日からは、町人の格好で来てくれなはれ。祇園の茶店の奥をとっとくさかい、そこで着替えたらええ」

「……うむ」

「楽屋でのふるまいは、気をつけなはれや」

「承知した」

精次郎は、頷いた。


それから精次郎は、四条河原亭へ通い始めた。

手の風呂敷には、町人の衣服を用意して。

隊には、念のため、祇園近くの寄席に潜入しているという報告だけはしておいた。

組頭の井上源三郎は、

「承知した。だが無理はするな。危険が及べば、祇園会所につなぎを入れろ。屯所へ連絡がくるようにしておいてやる」

と言った。

会所は番所を兼ねている。

番役が昼夜を問わず詰めているはずだ。

「危険はありまへん。白川や高台寺《こうだいじ》に潜入するわけやないです。たかが寄席ですわ」

「わからんぞ。寄席とて御所に近い。土佐藩邸や旧長州藩邸もあのあたりじゃ。身を大切にせよ。功をあせって命を捨てるなよ。できることを、堅くやるのだ」

井上は、肩を叩きながら、親身になって言ってくれた。

精次郎は、勇み立った。

文枝のおかげで、大きな蔓《つる》をつかみかけているのかもしれぬ。

もし松茂登が、京の情勢を長州へ流しているとすれば、それを補佐する繋《つな》ぎが存在するはずだ。繋ぎは組織的に動いているに相違なく、その組織が長州、薩摩と過激派を結び付けているのかもしれない。

これは、大きな話になる――。

(話に聞いた池田屋騒動と同じや。あの手柄で、無名やった新撰組は一躍、世に出た……)

精次郎は、楽屋で、客席で、松茂登の芸を見つめ続けた。

来る日も、来る日も。

驚いたことに、松茂登は、毎日のように新しいネタを下ろす。

それもこれも、見たこともないような芸であった。

どうという話でもない、日常の体験談を面白おかしく話すこともあった。

どの話も見事なサゲがついており、大ウケだった。

「スべらんなあ――」

精次郎は首をかしげた。

加えて、あの美貌――。

まるで、水のように透き通った肌……。

なによりも、楽しくて仕方がないというような明るい表情。

なんと魅力的な女だろう。

その桜の花びらのような唇から、とんでもなくおかしい芸が飛び出してくる。

ある日のネタは、三本木の客の違い、というもので、薩摩、長州、会津、新撰組の客の形態模写だった。

薩摩がじゃっどん、おいどん、とわからぬ言葉を使う。

長州が、ぼくは、きみは、日本の夜明けは近い、と青臭いことを言う。

会津が、謹厳実直に、背筋を伸ばして腕を直角にして酒を呑む。

そこへ、新撰組が踏み込んで、ぐちゃぐちゃにしてしまう。

新撰組が、オチに使われていることに腹が立ったが、ぐっとこらえる。

客席は、爆笑の渦である。

ある日、精次郎は、客に紛れて、芸を見ていた。

すると、

「あんちゃんも、松茂登が目当てかい？」

隣に座った中年男に声をかけられた。

「ああ、わかるわ。……わしも、一目見たときから夢中や。あんなええ女は、京の町中を探したかて、そうおるもんやない。ああ、たまらんな」

中年男は、身震いしてみせた。

太い鼻に、みっしりと脂が浮いている。

「舞台では軽々と、優しげで、気安げに話す。そのくせ、口説こうとしたらピシャリとやられそうや。あの色気のある襟足はどうよ……ああいうのを、江戸では〈小股の切れ上がった〉と言うんやろな」

「……京ではあまり見ん感じですな」

「そこがたまらへんわ」

同感だった。

京の女にはないはしっこさと、男勝りの強さ――。

しかし、それは色気がないということではない。

（オヤジ殺しやな――）

中年男のゆるんだ顔を見ながら、精次郎は思った。

それにしても、口元はきりりと引き締まって油断がない。

(近づくんが難しいで……)

水茶屋の娘のように声をかけられるわけではない。

そうこうしているうちに、

「困ったことになった」

文枝が言ってきた。

「あんたはん、毎日寄席にいるさかい、なにモンやって話になってきたわ。古参の師匠や、席亭はんが気にし始めとる。まあ、なんとか、ごまかしとるがな……」

「そうか」

あれから毎日のように、精次郎は河原亭に通っている。

さすがにそのへんの町人に比べれば目つきが鋭いし、ふるまいも、どうしてもサムライっぽさが抜けない。

警戒されるのは当然である。

「わしの身の回りの世話をしてもらって、弟子や言うんもええけど、わし、正直、あんたをみんなの前で、叱ったり殴ったりするんは嫌やな」

「……わしも嫌や」

「それに、もしほんまに弟子がおるんやったら、借金のカタに出さなあかんしなあ……」

「ひどい話やな」

「もろもろ考えたら、やっぱり、なんか、芸をやるのがいちばんええんちがうか？」

「う、ううむ……」

「ヘタでも、芸人や、ちゅうのが一番納得しやすいわ」

「しかし」

「なに、ウケへんでもええんや。ちょろっと出て、スベりまくったら、それでみんな納得する」

そうなのか？

精次郎は考えた。

松茂登との距離を縮めるためには、どちらがいいのだろうか。

いや、その前に。

「わしに、芸事は無理や」

「うーむ」

「困ったの……」

文枝は、指を唇に当て、考えた。

「昔、大坂時代に酔った時、精次郎はん、田舎の祭りの芸を見せてくれはったな」

「……そ、そやったな」

「あれは、どうや？」

「え？　ありゃ百姓芸やぞ……」

それは、精次郎が子供のころ、生まれ育った播磨の田舎の村祭りで披露していた神楽《かぐら》芸であった。

大神楽《だいかぐら》と呼ばれ、巨大な籠細工《かございく》や傘を巧みに操り毬《まり》をぐるぐる回す。ときには顎や肩に籠をのせて面白おかしく跳ね回る。

地元の海老一《えびいち》神社に奉納されることになっており、毎年、村の子供たちから、ふたりが選ばれて、ふたり一組で芸を披露する。

その二人組の名前は、歴代、染之助《そめのすけ》・染太郎《そめたろう》と決まっていた。

絵に描《か》いたような、農村の祭りの出し物である。

「あんな田舎っぽい、百姓丸出しのもんを、みやこの寄席なぞに出せるかいな」

「そうか？　ええと思うが」

「なにより、みやこの客は、目が肥えとる。わしの大神楽なんかで、ごまかせるわけがない」

「ごまかすんや、精次郎はん。そうやな、大声で『おめでとうございまする〜』とか叫びながら、満面の笑みを浮かべるんはどや。イキオイやで、こんなもん」

「む、無茶ぬかすな」

「せやけど、ここで正体がばれて、詮議できひんようになるのも困るやろ」

「う」

「一生の手柄が目の前に転がっとるんやで」

自分には、漫談は無理だ。

しかし、大神楽なら、子供のときに、さんざん田舎で仕込まれたではないか。

やるしかないのだろうか。

その日、屯所に帰ると、同期の隊士の死骸が運び込まれていた。

松代浪人の男で、佐津川基《さつかわはじめ》といった。

ひょろっと痩せた、前歯の欠けた男だった。

貧乏臭くはあったが、背筋の伸びた、しっかりとした謹厳実直なサムライである。

「どうしたんや？」

精次郎は訊いた。

「なんでも、三条小橋《さんじょうこばし》で土佐浪人と斬り合いになったそうや」

「土方先生から、洛中の独り歩きは避けるようにと命令されておるのに、ひとりやったらしいわ」

「む、う……」

精次郎は、絶句した。

佐津川もまた、自分のように、手柄を求めてひとり歩いていたのだろうか。

戸板の上に乗せられた佐津川は、面を真っ二つに割られていた。

「ひどいのう」

眼球は飛び出、歯は唇に食い込み、苦悶の表情を浮かべている。

即死だ。

精次郎は、この男と、酒を呑みながら語り合ったことがある。

新撰組隊士全員が幕臣に取り立てられた夜だ。

あのとき、佐津川は言った。

「こたびの御取り立ての儀。感激じゃ。わが人生に、このような名誉があろうとは」

本当に、嬉しそうだった。

頬が紅潮し、目には涙が浮かんでいる。

「すでに名前が天下に知れ渡っている幹部にとっては、どうってことのない話かもしれない。しかし、わしのような浪人の子として育った貧乏侍にとって、幕臣になったというのは、これ以上ない誉れじゃ。……田舎にいる母上に手紙で伝えてやらねば。いかにお喜びになろうかの」

その気持ちが、同じ貧乏人として、とてもよく分かった。

「母上は、いつもわしに言ってくだされた。いかに貧しかろうと、志を捨てるべからず。サムライたるもの、志ある限り、必ずや天が与えたる役割があるもの。男子と生まれたからには、志に殉じよと――」

酒を呑みながら、頬をますます紅潮させて、佐津川は言った。

「幕臣取り立ては、天命じゃ」

精次郎の肩を叩きながら、

「のう、播磨。お互い、志を忘れまい。今まで以上に忠に生きるのだ。誠の旗のもとに働き、本物のサムライになるのだ」

と何度も頷いた。

そう言った佐津川の顔が、今、真っ二つに割られ、血まみれになっている。

「……佐津川……」

その死骸を見て、精次郎は、胸をつかまれたような気持ちになった。

ここで殺されるのも、おぬしの天命であったというのか？

それではあまりに悲しいではないか。

お互い、本物のサムライになろうと言っておったというのに。

尽忠報国の志を胸に、この国の民草のためにこの身を捧げよう、義のために尽くそうと、語り合ったというのに。

（わが命、この国のために捧げん——）

そんな佐津川の声が、頭の中にこだまして離れない。

なんと簡単に、ひとは命を落とすものなのだろうか。

「死ぬなよぉ、佐津川ぁ——」

精次郎は奥歯をかみしめるようにつぶやいた。

同志が、そんな精次郎の肩を、慰めるように、叩く。

（あんまりや）

単なる一隊士の遭難に過ぎぬ。新撰組では掃いて捨てるほどある話であったが、精次郎には悲しくてたまらなかった。

その夜。

精次郎は不思議な夢を見た。

財宝を掘る夢だ。

横穴を掘っている。

この先に宝が埋まっていると聞いて、必死で掘っている。

しかし、その財宝が、どれぐらい先に埋まっているのかがわからない。

ほんの一寸先に埋まっているのか、それとも、はるか一町先に埋まっているのか。

あとどれぐらい掘れば、その財宝を手にできるのだろうか。

あと少しだと信じて、掘っていく。

しかし、財宝は見つからない。

もういい加減、掘り疲れた。

こんなに頑張ったのに、財宝が出ないのだから、もうないのかもしれない。

あきらめてしまうほうがよいかもしれぬ。

そう思うが、せっかくここまで掘ったのだから、もう少し掘ってみようと思う。

あと、一尺——いや、あと一寸掘れば、出るかもしれぬ。

それでも財宝は出ない。

やめられぬ。

そのとき。

急に天井が崩れだす。

う、うあああああああああああ！

（はっ）

起き上がったときに、汗が噴き出していた。

（わしは、なんのために、こんなに努力しとるんや。——もう少しで手柄を立てられる。もう少しとはどれほどや？）

夢の中の財宝が、なぜか自然に、松茂登の妖艶《ようえん》な笑顔と結びついた。

松茂登——あの不思議な女が自分の財宝なのだろうか。

もうすぐ、届くのだろうか？

あの女は、ふわりと、やわらかく笑う。

ああいう笑い方をする女を、精次郎は知らない。

深夜の屯所の大部屋。

思い思いの場所に布団を敷いて雑魚寝《ざこね》をする若い隊士たちの、健康的な寝息が響いている。

「松茂登――お前は、何者や？」

精次郎はつぶやいた。

松茂登という女の向うに、まだ見ぬ世界が広がっている。そんな気がした。

わしは、本当に手柄をあげたいのか。

それとも、本当の自分を見つけたいだけなのか。

精次郎には、わからない。

ただ、それでも、やれることは、やるべきなのだ。

明日は死ぬかもしれぬ。

明日をも知れぬからこそ、いまできること――財宝を探すべきなのだ。

やるべし。

精次郎は、そう思った。

秋の、河原亭。

その日の松茂登の芸は、神がかっていた。

見たこともない芸を、松茂登が披露したのだ。

唐土《もろこし》渡来の遊戯、麻雀《マージャン》。

ごく一部の上流階級の婦人の遊びで、とくに東洋に駐在する西洋外交官夫人に好まれた。

これを、長州人と、薩摩人と、土州人と、会津人がおこなう。

それぞれ四ヵ国の武士のなまりを、そのまま器用に再現する。

「では、チーつかまつる」

「じゃっどん、おいどん、ポンでごわす」

「チクと、酒もってつかあされ」

「さすけねえ。ドラ見してくなんしょ」

題して――四ヵ国語麻雀。

畏れ多くも、四人の批評をする〈客〉が天皇陛下である。

「朕《ちん》は、ポンするべきと思ふでおじゃる」

驚愕のあまり、精次郎は腰を抜かした。

「な、なんと罰当たりな！」

しかも、言いたい放題、やりたい放題。

長州は理屈ばかりの悪餓鬼、薩摩は鼻毛芋侍、土佐が胸毛の生えた酒樽、会津が田舎者の洒落《しやれ》知らず。

それを天皇が、頓珍漢《とんちんかん》な批評をしては落とす。

観客席は爆笑の渦だ。

ひどい。

ひどすぎる。

しかし、面白い。猛烈に面白い。

この女、どこからこのようなネタを思いつくというのか。

舞台袖の暗闇にうずくまる精次郎は、冷や汗をどっとかいた。

（こ、この女の次に、高座に上がるのか？）

その日、精次郎は、初めて高座に上がることになっていた。

楽屋に出入りするための方便ではあるが、入念に準備した。

（そ、それにしたかて――）

泣きそうであった。

文枝とは、事前に充分に相談して、稽古をこなしてきた。

しかし、たまたま、その前の出番となった松茂登は、凄すぎた。

(化けもんのような女や)

精次郎は、驚愕した。

また、神楽芸を稽古していてわかったことがある。

播磨の田舎、海老一神社に奉納していた大神楽は、染之助が芸を行い、染太郎がツッコミを入れる。

それによって爆笑が生まれるわけだが、今回、精次郎はひとりでそれをやらねばならなかった。

染太郎はおらず、染之助一人で籠を回し続けねばならないのである。

これは苦しい。

(行くしかないんか――)

舞台袖でうずくまったまま、精次郎はじっとりと汗をかいた。

(わしは、サムライや。もともと芸なんて、ウケへんでもええねんや。これは、探索のためにやるのや)

何度もそう思ったが、気はやすまらなかった。
言い訳に過ぎぬ。
目の前には、客がいる。
その存在感は、圧倒的であった。
……山崎烝先生は、どうやって乗り切ったのだろうか。
いまさらながら、新撰組の先輩方の胆力には恐れ入る。
敵の中に、薬屋の格好で交ざりこみ、しかもまったく疑われなかったのである。
松茂登はさんざんに爆笑をとると、楽屋にひきあげ、周囲の芸人に、
「お先どす――。お先どす」
と挨拶をするがはやいか、奥に引っ込んでいった。
「次、濱田精次郎殿」
当番の前座に呼ばれた。
さすがに、新撰組での名乗りである播磨精次郎直胤の名は隠したかった。
大坂時代の名前で舞台に立つことにしていた。
顔を隠すために、ひょっとこの面をかぶる。
出番であった。

ひょっとこの面をかぶり、神楽籠を持った、体つきのいかつい男が、ふらふらと舞台の真ん中に出てしまった。

うすぐらい客席には、満員の、客。

すべて、松茂登の芸に満足しきって、顔が火照っている。

（ええい、もう知らん！）

精次郎は、大声でのたまった。

「わが生国播磨名物、大神楽をご覧に入れまする――」

精次郎はヤッと掛け声を発し、さらに大声で言った。

「おめでとうございまするー！」

大きな神楽籠を振り回す。

ほい。

ほい。

ハッ、と掛け声を発しながら、竹づくりの毬を、籠の上で踊らせて見せる。

逆立ちをし、籠を、顎《あご》にのせて見せる。

しかし。

「…………」

「…………」

どんなに必死で籠を振り回しても、客は、ぴくりとも反応しない。

暗闇の客席がしーんと静まり返っている。

精次郎は、腹に力をいれ、決まり文句を大声で叫んだ。

「おーめーでーとうございまするー！」

反応がない。

びっしょりと汗をかく。

(どうしたらええんや――)

ひょっとこの面の下、精次郎はもうどうしてよいのかわからない。

ただやみくもに、籠を振り回す。

松茂登の素晴らしい芸のあとである。

そのあとにひょっとこが出てきて、籠を振り回したところで、面白くもなんともない。

ウケないだけではない。

なにやら、殺気のようなものを感じる。

「おーめーでーとうございまするー！」

もう一度叫ぶ。

しかし客席には、

(――なにがおめでとうや、この野郎!)

といった心の声が満ちていく。

どうすればいい?

どうすればいいのだ?

心の奥に、舞台袖で、あきれた顔つきで舞台上の精次郎を眺めている、松茂登の美貌が浮かんだ……。

その顔を、実際に見たわけではない。

想像でしかない。

しかし、あの美しい顔に、失望が浮かぶことを思うと、いたたまれない気持ちになる。

(何? この男、この程度なん?)

そう思われたら、立ち上がれない。

松茂登だけには、バカにされたくない。

(ち、ちくしょう)

精次郎は、たまらない気持ちになった。

（くそう、なんでこんなことになったんや。なんの因果で、わしはここで、ひょっとこをかぶって踊っとるんや！）

精次郎は、そのまま舞台に立ち尽くす。

すると、客席の怒りのような張りつめたものが頂点に達したとみえ、野次が飛んだ。

「なんや、なんや、おまえは！」

「そうや、面白うもなんともないことをやりくさって」

「金返せ」

モノが飛んでくる。

座布団や、下足札が投げられる。

そのとき、精次郎の我慢も限界に達した。

「う、うるさいわ、くそったれえええええ！」

ついに、精次郎は、叫んだ。

神楽籠を、床にたたきつけ、ひょっとこの面を外して、悪態をつく客に、投げつける。

「おまえら、うるさいぞ、黙ってわしの芸を見んかい、コラ！」

客も負けていない。

「なんやその態度は、こっちは、金払っとるんや！」

「ハシタ金払って、偉そうにすんなや、貧乏町人！」

「貧乏芸人に言われたかないわ」

「うるさい、こっちは、ご公儀から二十両賜る身やど、コラぁ」

「なんやと、ワレ、何モンじゃ」

「新撰組だ、こらぁ！」

「嘘こくな、こんな場所に、壬生浪がおるわけないやろ」

「寄席が好きで、悪いか、このボケナス！」

「壬生浪がなんやっちゅうんや」

「壬生浪、壬生浪ちゅうてあほぬかすな、誰が風呂屋じゃ！」

「うるせえ」

「こんど、あいつ（近藤、会津）に言いつけるぞ」

「…………」

「…………」

舞台と客席が、一瞬、しん、となった。

しばらくすると、客席が、ざわざわし始める……。

これは、シャレか？

シャレなのか？

精次郎は叫ぶように言った。

「新撰組は、天下一の豪傑ぞろいじゃ。こんど、ひじ、かた（近藤、土方）見てみろ！」

今のは、ネタか？

精次郎はもう止まらない。

頭にもう完全に血がのぼっている。

「わしぁ、この前、長州の不逞浪士を、叩っ斬ったったわ。なにが不逞の浪士や。太くもなんともあらへん。みんな痩せとる。斬りやすいで、痩せた長州は。むしろ斬りにくいのは薩摩や。まったく薩摩は、しまつ（島津）に困る」

客席は、は、ははは、ははははは、と反応し始めた。

最初は、失笑のような笑い。

そしてやがて、健全な笑い声に。

「土佐はすぐわかるわい！　坂本龍馬っちゅう悪人がおるらしいがな、そいつは軍鶏《しゃも》が好きらしいわ。土佐だけに、丸煮かしら（丸に柏）」

どっ、と客席が沸いた。

精次郎、止まらない。

もう洒落のネタなどなかったが、言いたいことは言ってやる。

「まったく、京の連中は、どいつもこいつもお高う留まりおって」

鬼の形相で、仁王立ちだ。

「そのへんのネコまで、にゃーお、にゃーお、て上品に鳴きおって。わしの田舎のネコなんて、ンギャー！　ギャー！　って言うとるわ」

もう洒落もはいっていないのに、ウケている。

「ネコまで、わしら田舎もんをアホあつかいしてからに」

「京に生まれたんが、そんなに偉いんか。わしら田舎もんぐらい苦労してみさらせ」

「京の食いモンは、味があらへん！　これも田舎もんをバカにしとるんや」

「味、わからんやんけ、塩、効かせろ！」

「町の作りもそうや。碁盤の目になっとるけえ、どの場所も同じに見えるわ。えーかげんにせい！」

「おかげでこっちは、毎日迷子や。醒ケ江？　醒ケ井？　わかりづらいんや！」

「新撰組をアホあつかいしおって！　おまえら、わしらのおかげで治安がよくなったんやろが！」

「音羽の滝？　滝やないやないか！」

「三年坂でさっそくコケたわ！」

客席はウケている。

なんだ、このサムライらしき男、面白いやないけ。

そんな雰囲気が客席を包みだした。

ひとこと、ひとことに大笑いだ。

大爆笑の渦――。

その中で、精次郎は、どこか恍惚感に包まれていた。

(あ、なんや。なんやろ)

不思議な浮遊感だ。

寄席いっぱいの客が、揺れるように笑っている。

その中心に自分がいる。

笑いというものは、こういうものか。

芸人とは、このようなものなのか？

（た、たまらん――腰がくだけそうや）

頭に血がのぼって、無我夢中になり、恍惚となるという経験は、初めてだった。

（不思議や……。生まれて初めて、ひとを笑わせた）

子供のころから、何度も嗤《わら》われて生きてきた。

田舎者の、乱暴者の、クソガキだったから。

しかし、このような好意的な笑顔に包まれたのは、初めてだ。

自分のひとことに、見ず知らずの人が、どっとウケる……。

（もっと、もっと――感じてたい）

そう思うと、頭の中のどこかのネジが吹き飛んだような感じがして、次々と毒舌が飛び出してきた。

しばらく、言いたい放題言って、爆笑をとり。

どんどんの太鼓の合図をシオに、ふらふらと、楽屋に引き揚げた。

客席は割れんばかりの大きな拍手である。

精次郎はしばらく、楽屋に座って、呆然としていた。

「…………」

素晴らしい恍惚感、忘我感覚であった。

周囲がさわさわと話しかけてくるが、聞こえない。

しばらく我を忘れていた。

しかし、時が経つにつれ、だんだんと、冷静になってくる。

舞台の上で、顔をさらして、新撰組隊士だと名乗ったうえで、京の悪口、隊の冗談、言いたい放題をやってしまった。

大坂での鬱屈した日々。

そして、新撰組に新参隊士として加盟してからの緊迫した日々。

手柄をあげねばならぬという切迫感。

人を斬る感触。

斬られた仲間たち。

心の中にたまりにたまったものを、すべて吐き出してしまった。

すっきりした。

すっきりしたが、

(やって、……もうた)

激しい後悔が、われに返った精次郎を襲った。

しばらくすると、自分の出番を終わらせた文枝が目に涙をいっぱい浮かべて、近づいてくる。

「す、素晴らしかったで――」

「………」

「あんたに、こんな才能があったとは……」

才能……？

精次郎は、呆然とその言葉を聞いていた。

舞台に立ち、あかりに照らされ、大勢の客の前に立った時、なにか、どこか、恍惚感のようなものがあったことは、事実だ。

しかし、自分は、頭に血がのぼって、やってはならぬことをやってしまった。

呆然としている精次郎に、文枝はつづけた。

「キレ芸や。これは、キレ芸いうんや。昔、どこぞの新開地で、舶来のキレ芸を見たことがある。その芸はの、客を罵倒するのや。大声で怒鳴るのや。しかし、客席はそれでウケるんや。そのとき出とった芸人も舶来での。かんにんぐ竹山いうた……」

「か、かんにんぐ？」

「それ以来の芸やった。感動した。感動したで……」

「…………」

「あんさん、才能あるで」

文枝は、精次郎の肩をたたいた。

しかし、精次郎は震え始める。

やや厚めの唇がぶるぶると震える。

「殺される……わし、殺されるわ」

精次郎はつぶやくように言った。

「殺されへんわ」

「新撰組は、そないな甘いところやあらへん。殺されるわ」

「ここは寄席や。下々のモンがあつまる吹き溜まりや。おサムライはんが気にするようなところちゃいまっせ。吹き溜まりの戯言《ざれごと》を、天下のおサムライが気にするようになったら、おしまいや」

「う」

「大丈夫、新撰組も徳川も、そこまで落ちぶれとらんさかい」

文枝は言った。

そこへ……。

松茂登が妖艶な笑みを浮かべつつ、やってきた。

舞台用に大きく固めていた髪をおろし、さっぱりとしている。

そして言った。

「あんた——。濱田精次郎とかいいはったな」

「う」

「ええ芸やった。よかったで」

松茂登の、黒目がちの濡れた瞳が、きらきらと輝いていた。

「うちは、ネタに命懸けとる芸人が好きなんや。あんたの今日のネタ……命懸けたはったなあ」

確かに——。

新撰組と会津を茶化すなんて。

命を懸けていなければできないことだ。

松茂登は、そっと手を伸ばして、精次郎の胸に触れた。

「命懸けのネタ……うち、そういうのんが好きなんやわ——」

四　三本木芸妓　松茂登

精次郎はその日、屯所に、大神楽の籠とひょっとこ面を持って帰った。

初舞台では、失敗してしまった。だが、やはり新撰組隊士だという身分は隠すべきだったし、これ以上、ぼろを出してはいけない。

ただ、結果として、松茂登とつながることはできた。

それだけで、大きな成果と考えるべきだろう。

(本来わしは、ウケにこだわる必要はないんや——)

それでも、潜入探索を続けるためには、最低限の芸は必要である。

それは初舞台を踏んで、つくづくわかったことだった。

芸人同士は芸でつながる。

新撰組の人間関係が剣によって形作られているように、寄席の人間関係は、芸によって形作られている。

芸人を探るには、芸をやらねば始まらない。

精次郎は、奥部屋を閉め切り、必死に籠をふりまわしたり、顎に乗せたりした。むかし、播磨の田舎で村の古老に習った芸の作法を、ひとつひとつ思い出してはさらっていく。

(稽古や。稽古が必要や——)

精次郎は、必死だった。

尻をからげ、剽《ひょう》げた表情で踊っているところに、組頭の井上源三郎がやってきた。

「播磨……なにをしておる」

「はっ。以前報告いたしましたが、四条の芸人のところに潜入しとります。その場で必要なことにて」

「うむ。さようか。よろしい。だが、身に危険が迫った場合は、早めに知らせるように」

「承知しとります」

「このこと、副長にも申し上げておく」

「は」

精次郎は頭をさげると、また部屋を閉め切り、稽古に励んだ。

朝は道場で剣術の稽古。昼餉《ひるげ》が終われば部屋に籠り、ひとり大神楽の稽古に精を出す。


風雲急を告げている。

京の政情は急速に緊迫度を増しており、諸藩の動きが活発化していた。

その中で市中では大小の暗殺が横行し、新撰組はその対応に追われた。

毎日血まみれの隊士が屯所に運び込まれ、死骸となって出ていく。

精次郎もまた、市中巡邏に出ることが多くなった。

(連日、戦いは続いとる。近藤局長ら幹部も、お歴々と難しい周旋をされとると聞いとる。わしなんぞが長州の諜報網をつかむことがどれほどのことかはわからんけど、戦う同志たちの一助になるに違いない。いまこそ、わしが本物のサムライになった証を立てるとき)

精次郎は、思った。

井上源三郎は、約束通り、精次郎の動きを副長の土方歳三にも報告したらしい。

土方はすぐに、精次郎がつめている大部屋にやってきて、皆の前で励ますように声をかけた。

「貴様が播磨か」

「は」

精次郎は膝をついて頭をさげる。

「源さんから聞いている。おぬしを、六番隊に属したまま探索方にしてやる。なにかあれば私に直接伝えてよろしい」

「はっ」

精次郎のような下っ端に、土方が声をかけるなぞ、よほどのことである。

(探索方——。平隊士から脱出や)

まさか、このような形になるとは。

周囲の同僚たちが驚いたような視線を精次郎に投げかける。

精次郎は、勇み立った。

土方はこのとき、白川の陸援隊《りくえんたい》、月真院《げっしんいん》の御陵衛士《ごりょうえじ》など、さまざまな組織に、密偵を送り込んでいた。

彼のもとには、大小の情報が集まってくる。

薩摩が大軍を送る、土佐の乾退助《いぬいたいすけ》が一軍を率いて上京する、長州が長崎で最新の銃を仕入れた――情報は千差万別、混乱の極みであった。

新撰組幹部にとって、敵方の情報はなによりも重要である。

その大きな役割を、六番隊という、いわば冷や飯部隊の隊士が、自ら果たそうとしているらしい。

土方にとっては渡りに船であった。

精次郎は、まるで自分が、急に歴史の表舞台に飛び出したような気がした。

(やった……)

すくなくとも、これは、道端で枯れ木のような老人をなぶり殺しにするよりは、まともな仕事であるはずだ。

精次郎は、ますます大神楽の稽古に精を出した。

――あらよ！

――ほいさっさ！

――いつもより、余計に回っております！

稽古をするうちに、播磨の田舎で学んだ、子供のころの記憶がよみがえってくる。

今ならわかるが、大神楽とは絶妙な諧謔《かいぎゃく》芸なのである。

はるか昔、この国には、ひとところに滞在しない無宿なる流浪民が存在した。彼らは在所を持たず、各国の産品を貿易することによって生きる糧《かて》を得ていたが、また一方で行く先々の辻で見世物を披露する旅芸人でもあった。最初は力技、武芸、歌舞音曲のごときもの。異国渡りの動物や、傀儡舞《ひきひとまい》のごときもの。それらは非日常であり、土地土地の民にとって彼らはマレビトとして尊重されるに至った。

一方、農村には在所の鎮守を祭る舞が存在し引き継がれていた。

両者は、やがて、影響を与え合い、洗練されていく。

大神楽の籠は、曲芸のためにしか使われない。

他の物を流用したものではなく、純粋に、見世物として観客を楽しませるために存在するものである。

その奥深さに、やがて精次郎は、はまっていった。

（おもしろい――）

だんだんと精次郎は要領をつかんでいく。

今度は、この芸で、あの松茂登を驚かせてやる……。

同僚の隊士たちは、部屋を閉め切って、精次郎はいったいなにをやっているのかと訝しんだ。

しかし精次郎は、決して襖《ふすま》を開けたりはしなかった。

これは大事な、自分だけのたくらみだった。

（うちは、ネタに命懸けとる芸人が好きなんや……）

ときどき、あの女の耳底をくすぐるような言葉を思いだした。

（ええ芸やった。よかったで……）

そういって胸に触れた指先の柔らかさ。

良い香り。

精次郎は時々、松茂登の顔を思い出しては陶然とした。

どうしたらあのように美しい生き物ができるのだろうか。

ああ。

たまらん。

精次郎は、松茂登の面差しを、忘れられなくなっていた。

冬の四条河原亭。

京の政局は混乱を極め、町の治安は悪化していたが、それでも寄席に客は入っていた。

佐幕、倒幕両派の対立は、将軍による大政奉還の宣言に至り、緊張は極限に達しているはずであった。

しかし、緊張していたのは、主にサムライたちである。

普通の町人たちの多くは、のんびりしたものであった。

むしろ、大政奉還の宣言により、応仁《おうにん》以来の京都での市街戦は回避されたと解釈されていた。

なにしろ、将軍自ら天皇に政権を返すと宣言したのである。

暴力により混乱を引き起こし、将軍を政権から引きずりおろそうと目論んでいた勤王の志士たちは目標を失った。振り上げたこぶしを、ぶつけようとしていた相手が、先に謝ってしまったのである。

(これで、戦争はなくなった)

そう解釈するのは自然である。

疎開する者もいるにはいたが、多くの人々には、まだ寄席に顔を出すぐらいの余裕があるようだった。

京の民草《たみぐさ》のしぶとさ、したたかさは、千年のみやこで練り上げられたものである。

その日。

トリ、と呼ばれる主役は、桂文枝であった。

文枝は、他の芸人と違い、三味線や鼓といった歌舞音曲をあまり使わない。

このころの上方の寄席は、客を引き付けるためのケレン味が大事とされた。

派手な歌や、奇術、水芸、珍芸のたぐい。

噺家の多くも、目の前に置いた膝隠しと見台を、拍子木や張り扇で、カラチャッチャ、パパンがパンと鳴らしながら話をする。

それを、文枝は、純粋なしゃべりのみで勝負する。

カラチャッチャは使っても、噺に入れば脇に置く。

よほど自信がなければできないことだ。

精次郎は、その姿を、舞台袖から見ていた。

高座の上の文枝は、汗をかき、顔をおおげさにしかめたり、両手をひろげたり、変幻自在の話術で、何人もの登場人物を演じわけていく。
その一言ひとことに、客が沸く。
まさに、名人芸であった。
ふと。
良いにおいがした。
気が付くと、すぐ横に、化粧を施す前の松茂登が立っている。
懐中に匂い袋でも忍ばせているのか、なんとも言えない上品な香りがする。
(う)
精次郎は絶句した。
化粧する前の、水で洗ったような肌が、美しく、輝いている。
思わず、精次郎は、目をしばたかせた。
松茂登は、甘い声で、言った。
「オットコマエやわ――」
襟くびに消える首筋の線が美しい。
どきり、と胸が高鳴る。
「文枝はん、格好ええわ……」

「えっ！」

精次郎は、われに返って、声を出した。

「どういう意味や？」

文枝は、背が低く、顔はひらべったく、いつもニヤついている。

どう考えても色男ではなかった。

外見ならば、新撰組の道場で鍛え上げた体軀をもつ自分のほうがよほど器量映えするはずである。

しかし、松茂登は、精次郎のことなど目に入っていない様子だった。

「あんたはんの師匠、男の中の、男やわ……」

この美女は、どうやら本気でそう思っている。

精次郎は混乱した。

いまどき、京でいい男といったら、新撰組なら鬼の副長・土方歳三。薩長側なら、薩摩の中村半次郎《なかむらはんじろう》に、長州の桂小五郎。芸事なら、歌舞伎の尾上多見蔵だろうか。

いずれも目元の涼やかな、鼻筋の通った美男子だ。

文枝は、正反対。

ヒラメのようなつぶれたニヤけづらで、そのうえ、ガニマタの短軀。しかもいい年をした中年男である。

「うち、文枝はんなら抱かれたいわ」

「え、えええええええええ」

ついに精次郎は声をあげた。

「あんた、どうかしとるんやないんか？」

「なんでやの？」

しどけなく桜色の唇を開いて、松茂登は体をよじるようにした。

「芸人は、ひとを笑わせるんが商売」

「――むむ」

「ウケるのが、いっとう男前――ちゃいまっか」

「そ、そりゃそうかもしれへんが」

「桂文枝はんは、今、四条河原亭で一番ウケたはる芸人や。いちばんウケる芸人が男前思うんは当然ですやろ」

「どうもわからへんわ！」

この女はおかしい。

芸の凄みは常軌を逸しているし、その器量はこの世のものとは思えぬほどだが、それに加えて、頭の中も、おかしい。芸人とはこのようなものであろうか。

そこへ、文枝が、舞台から戻ってきた。

「お疲れはん、お疲れはん」

周囲に挨拶したあと、楽屋に戻り、なにやら隅っこで言い争いをしている精次郎と松茂登に気が付き、笑顔でこう言った。

「お。ええのう。もう仲良しにならはったか？」

「なっとらん」

「残念ながら」

精次郎と松茂登はお互いにそっぽを向く。

「なんや、息が合《お》うとるやないかい」

「合ってへん」

「でんなあ」

「まあ、それだけ話ができれば立派なモンや」

文枝は、笑った。

そして、急に真顔になってこう言った。

「ふうむ」

人差し指で唇を触るしぐさ。

「なかなか相性はよさそうやな」

「なんの話や」

「わし、考えたんや」

「なにを」

「見たところ、松茂登はん、そして精次郎はん、ふたりとも、やりたいことが似とる。ふたりとも、漫談や。そして芸風も似ておる。客いじりが上手やさかいな」

松茂登と、精次郎は顔を見合わせた。

「そこで」

文枝は、ふたりの目を見た。

「どうやろ——今度、ふたり一緒に舞台に出たら？」

「へ？」

「ふたりで、掛け合いをやるんや」

「なに言うてはるんや？」

「そや、ここは寄席どす。歌舞伎や狂言やおまへん。ふたりで出たら、お芝居になってしまいますやんか。ひとりでやるから噺芸や」

「わかっとる」

文枝の瞳が、いたずらっぽく光っている。

「せやけど、新時代でっせ。大政奉還で、将軍はんが帝に政権をお返しになった。帝が日の本すべてを御采配される。ここ二、三年の間に何もかもが変わるやろ。その流れは誰にも止められへん。すぐにあめりか国や、えげれす国や、ふらんす国の異人はんとも対等に話をする時代になる。間違いないわ」

「だからどうしたんや」

「この寄席でも、あめりか国や、えげれす国や、ふらんす国の異人さんに、芸を見せなならん時代が来るちゅうこっちゃ」

「ほんまかいのお」

「ほんまや」

「わしは、そのときにそなえて、えげれす語の勉強を始めたわ。えげれす語で落語をやったろ思うてな」

「おらんだ語やないのか？」

「おらんだ語はもう古い。これからはえげれす語や。横浜やら長崎やらでは、あめりか国の異人さんが、ぴすとるやら、らんぷやら、異人の服やら、おもろいもんをいっぱい売ってるいいまっせ。そのおもろいもんは、すぐに大坂へ。その次は、この京へ。すぐ来まっせ」

「ようわからん」

「わしはの、精次郎はん。日本一の芸でもって、異人はんを驚かしてやりたいねん。それには、今までの古い芸やとあかん。新しいことをやるんや」

「わ、わしはサムライや。攘夷あるべしと教えられて生きてきた。異人なんて、汚らわしいわ」

「甘いのう、精次郎はん」

言われて、精次郎はたじろく。

「偉い奴らはの、もう誰一人、攘夷なんぞ考えとらん。今どき攘夷ちゅうとるのは、モノを知らん若い連中だけや。頭切り替えんと生き残れへんで――」

上から押し付けるように文枝は言う。

精次郎は、酢を飲んだような顔をした。

ほんの数年前まで、腰間《ようかん》の秋水《しゅうすい》をもって洋夷《ようい》を除くは、大和《やまと》魂の極みと言われていたのだ。

異人を見たら、斬れ。

そうあるべきと信じて生きてきた。

若者たちは誰もが酒を酌み交わしながら、どうすれば、えげれす人やふらんす人と戦って勝てるのかと何度も話し合っていたものだ。

「新撰組はまだ文久《ぶんきゅう》の昔なんかいな。古い、古い。今はもう慶応やで。帝も新しくならはった」

「なにを」

「怒るな、怒るな。ええか。薩摩は、文久二年に武蔵国生麦で、えげれす人を殺して大和魂ここにありと気勢をあげたはいいが、えげれす艦隊に鹿児島を焼かれて、あっちゅう間に降参した。長州も下関で外国船を砲撃して攘夷や攘夷やて騒いだけど、これまた負けて、すぐに手を結んだ。今は、えげれす国と薩摩と長州は、すっかり仲良しや。昔と今じゃ、わけが違うんやで」

「む」

「いっぽう徳川も、頭のいい連中は、すっかりふらんす国と仲良しや。将軍様の弟君が今、ふらんす国の、ぱり、ちゅう町に留学しておるのは知っとるかの」

「――ぱり……」

精次郎は首をかしげて、松茂登を見た。

松茂登も困ったように肩をすくめた。

ぱり――そんなけったいな名前の町があるもんかいな？

焼き海苔やないんやからして。

「ええか。いまだに、文久の頃の、古い頭で刀を振り回しているのは、会津と新撰組ぐらいなんやで、精次郎はん。今からサムライで名を上げようなんて、正気やないで」

文枝は、真顔だった。

どこから文枝は、これらの情報を得ているのだろうか。

「詳しいのぉ」

「世界はの、表だけやないんや。覚えとき、精次郎はん」

「それがどう、わしらの芸につながるちゅうんや」

「そこやな」

文枝は、言った。

「いろいろ調べたら、あめりか国やえげれす国にも話芸ちゅうもんはある」

「そりゃ、あるやろ」

「ただ、彼《か》の国の話芸は、わしらの芸と違て、立ってやるモンなんや」

「立って？」

「せや。すたんだっぷこめでー、ゆうてな」

「そんな無礼な」

「いや、あっちでは無礼とちゃうんや」

「舞や演劇は立ってやらな話にならん。せやけど、話芸、噺は、立ってやる必要があらへん。座ってやるんが礼儀やろ」

「そやな、それが自然や。わしは、こう思うんや。芸人ちゅうのは、わしらの国では身分が低い。せやから座って頭をさげるんが当然や。あめりか国やえげれす国では身分が高い。ほんで立って話芸をするんやないかな？」

「ほんまかいな」

「たぶん、やけどな」

文枝は勝手に納得したのか、何度も頷く。

「で、わしは考えた。わが日の本の芸で、立ってやるモンはないかいな、と。そしたらあったわ」

「なにが？」

「万歳《まんざい》や」

「——門付けやないかい!」

精次郎は怒った。

およそまともな奴がやるものではない。

貧しい流れ者が、正月に行う門付け芸である。

二人一組で、各家を回り、門の前で、縁起のいい話をして、ココロヅケをもらう。

大和万歳、三河《みかわ》万歳、伊予、尾張《おわり》、豊後《ぶんご》など、全国に複数の流派があった。

「なめとんのかい」

さすがに、そこまで落ちたくない。

腐っても、苦しくても、サムライである。

世に蔑まれているものにまで、手を染めるわけにはいかぬ。

「精次郎はん。新時代が来たら、そのくだらん身分も消えてなくなるんやで」

「ふざけんな、くだらんわけない」

どんな世でも、どんな場所でも、人は誇りをもって生まれてくる。

人間としての誇りだ。

あるときはサムライとしての誇りであり、また新撰組隊士としての誇りだ。

家々を回って、おめぐみをいただく〈万歳〉などというものができるものか。

「故郷の親に、なんと言い訳したらええんや。サムライになるいうて故郷を出てきたのに、京で門付けをしとるなどと」

「精次郎はん。わかるで。せやけどな、わしは、それやからこそ、新しいと思うんや。きっと、ウケるで」

「わしは、ウケるか、ウケへんかで生きとるわけちゃうわい」

「わしは、ウケるか、ウケへんかで生きとるんや」

文枝は、真顔で言った。

「ウケるためやったら、なんでもするわい。笑ってもらえるんやったら、ケツかて出すわい」

ふたりの議論を、松茂登は、黙って聞いていた。

整った顔立ちは、変わることはない。

男たちが黙ると、松茂登は、あきれたようにため息をついて、言った。

「男はんは大変でんなあ。芸のネタ考えるのに、いちいち身分がどうやとか、故郷の親がどうやとか——どうでもよろしおす……。まったく、男はんはつまらんことにこだわりはって死んだりしはるし始末におえへん」

「なんやと」

「うちがやるとしたら、そうやね、大夫《たゆう》は譲りまへん。烏帽子《えぼし》はうちや」

松茂登は言った。

万歳は、二人一組。

二人組を主導するのは、大夫と呼ばれる、いわゆるボケで、烏帽子をかぶる。

才蔵《さいぞう》と呼ばれるツッコミは、大黒頭巾《だいこくずきん》をかぶる。

精次郎は反論した。

「……あほいえ、大夫はわしじゃ」

「ほな、この話はなしにしまひょ」

「なんでオナゴの下に、つかなあかんねん」

「芸の世界は実力第一。男も女もありまへん。あんたはんより、うちのほうが面白い。せやし、うちが大夫や」

文枝と精次郎は、啞然として顔を見合わせた。


暗闇の西洞院通《にしのとういん》を急ぎ足で下って、やっと洛外不動堂村の屯所に戻ると、夜だというのに六番隊が出撃準備をしていた。

いや、六番隊だけではない。

若い隊士がみなことごとく武装している。がちゃがちゃと鳴り響く武具の音。

「播磨、急げ。道場へ集合や」

「精次郎、何やっとんのや」

同僚の隊士たちが次々に声をかけてくる。

精次郎は慌てて、道場へ駆けつける。

すでに隊士たちが揃っていた。

小上がりに近藤、土方の姿はなく、指示をしているのは、二番隊組頭の永倉新八であった。

背丈が高くて、肩幅が広くて、鼻筋の太い、江戸っ子丸出しの屈強なサムライ――歴戦の勇士にして副長助勤である。

「諸君。本日、近藤、土方両先生御決意いただき、七条《しちじょう》油小路《あぶらのこうじ》付近にて高台寺の裏切り者どもを殲滅《せんめつ》することになった。おのおの、抜かりなく手柄をあげてくれたまえ。隊服は不要。狭い場所での戦闘となる。長槍、長刀は持参せず、手槍、中刀を使え。鎖帷子、鉢金《はちがね》を必ず着用のこと」

「おお」

隊士たちは大声で答えると、めいめい道場を出て再度装備の確認に走る。

屯所のあちこちで、刀を取り出し、鎺《はばき》のゆるみを確認したり、目釘を改めたりしはじめた。

精次郎は、あまりに早い展開にどうしてよいかわからず、自室と大広間をうろうろしている。

さっそく雷がおちた。

「こらあ、播磨。何をやっておるか。鎖帷子を着んかぁ！　死ぬぞ、貴様」

完全武装に身を固めた井上源三郎であった。

「相手は、高台寺じゃ。激しい戦闘になる」

「はっ」

「必ず手柄をあげぃ。死にたくなかったら、必ず勝てぃ！」

井上は、目を充血させて、鬼のような形相で、言った。

その勢いに、精次郎は、たじたじとなる。

あまりに急すぎる。

さきほどまで、ボケはわしじゃ、ツッコミはおまえじゃ、などと話していたのに、いきなり現実の世界に戻された。

何の心の準備もないままに、武装してその場に放り出されてしまう。

（こういうもんや――）

精次郎は思った。

芸人などというものは、所詮、世知辛い世間の外にいて、他人事《ひとごと》のように世の中を見ている。

だから、好き勝手なことが言えるのだ。

浮世離れした桂文枝には、それゆえに世界が見えているのかもしれぬ。

しかし、だからなんだというのだ。

われわれ現実世界に生きる人間には、そのような達観は不要だ。

ただ、目の前を見てしっかりと生きるのみ。

それが大事ということが、彼らにはわからないのだ。

（新しい芸よりも、得物をちゃんとそろえるほうが先じゃ）

刀と革胴は、なんとか手に入れた。

しかし、鎖帷子はどこだ？

（文枝はん、わしには、万歳よりも鎖帷子じゃ）

屯所内をうろうろ走り回る。

すると、道場脇の平隊士用広間において、尾関《おぜき》という古参隊士が、鎖帷子を配っていた。

それを受け取る。

鉄の塊は、氷のように冷えていて、それでいて重かった。

「冷たァ」

思わず口に出すと、怒鳴られた。

「うるさい、これが、貴様の命を守るんや」

「戦じゃ。重いの冷たいのと言っとる場合か」

周囲にいた先輩たちが口々にののしる。

なぜか今日、古参の隊士は一様に機嫌が悪い。

尾関の横にいた島田《しまだ》というサムライが、暗い顔をして、

「どうして、こんなことになったんじゃい」

と吐き捨てるように言った。

つまり、こういうことであった。

昨年までの同志で、今年春、新撰組を捨て、薩摩に走った一派がいる。伊東甲子太郎《いとうかしたろう》率いる高台寺党（御陵衛士）である。

今夜の敵は、彼らなのだ。

古参隊士にとっては心中複雑であろう。

敵は、ほんの半年前まで同じ釜の飯を食ってきた仲間たちである。

こんなにすぐに、殺し合いをすることになるとは。

それに、高台寺党の主張は、こうであった。

もともと新撰組は、勤王・尽忠報国の志のもとに集いし同志の集まりである。文久三年の結成時、会津のために活動することこそ勤王であり、尽忠報国の実践であった。

しかし、今や、時勢は大いに変わった。

勤王と尽忠報国の旗印は、薩摩であり、会津ではない。

本来の目的に立ち戻り、会津と袂を分かつとともに、薩摩と結ぶべし。

しかし、新撰組局長近藤勇はそれを承知しなかった。

鬼瓦のような顔で微動だにせず、こう言うのみだった。

「情勢がいかに変わろうと、会津公に対する忠義の念は変わらぬ」

結果、伊東らは離脱。

残ったものは、幕臣として取り立てられたのである。

何か、煮え切らない雰囲気が、屯所の中を漂っていた。

ここまでの経緯も煮え切らない。

古参隊士たちの態度も、煮え切らない。

すると、若い新参隊士たちが詰めている大広間に井上源三郎がやってきて、こう言った。

「おのおの。こたびの戦いは、通常の市中巡邏などとは異なるものである。しっかと弁《わきま》えい。サムライとして覚悟を示し、士道に悖《もと》らぬ勤めを果たすこと、ここに申し渡す」

普段は細い井上の目が、かっと見開かれている。

どこか暗い顔をしている古参隊士の中で、井上だけはまったく変わらず、精気を全身から噴出させている。

「わが新撰組は、文久三年に上京以来、かの池田屋の変、長州との天王山の戦いなど、多くの戦闘を経験してまいった。そして、残念ながら離反した同志もまた、涙を呑んで処断してまいった。それもすべて、誠の旗のもとに、正真のサムライたる生きざまを極めてまいった道程にて起きたことである」

普段、静かな井上が、若者だけに語っている。

なにか特別に伝えたいことがあるのだろう。

そのことが、精次郎ら新参隊士を緊張させた。

古参といえば、井上は最古参である。

新撰組の生き字引といわれる存在であり、古参隊士のやりきれなさ、昔の仲間との争いについては、誰よりも思いが深いはずだ。しかし、そのような感慨は、まったく見せない。迷いの一すじも見られなかった。

誰もが自分の剣を抱いて、井上の言葉に耳を澄ました。

「騒々しい世の中である。右が良いと言えば右へ。左が良いと言えば左へ。あまりに多くの意見があり、あまりに多くの正義がある。ゆえに、誰もが、定まらぬ。誰もが不安に揺らいでおる。定まらぬぐらいなら、考えぬがよい。国家の支柱たる男子が揺らいでおって国が定まるか？　新撰組は、揺るがぬ。揺るがぬために、ここにある」

井上は力強い声で、言った。

「貴様らは、さまざまな出自の、さまざまな育ちの、さまざまな思いを持った者どもであろう。わが新撰組は、そのすべてを受け入れる。そして、揺るがぬ」

「――」

「われらを貫く、揺るがぬものとはなにか。士道である」

「――」

「士道の誠とは何か。剣である。ただ、剣あるのみである」

「――」

「剣にすがって生きよ。それが貴様らの明日を創る」

おおよそ、この世の中で、若者がもっとも欲しいもの――それは、揺るがぬ〈よすが〉ではなかろうか。

誰もがそれを追い求めて、どこか信じきれずにいる。

あるものはそれを武士道に求めるであろう。

神仏にそれを求めるものもいるかもしれぬ。

しかしそれらは所詮言葉にすぎぬ。

誰もが、心の奥底で、それを疑っているのだ。

名のある武士はよい。その名を信ずればよい。

財をもって生まれた商人は、カネを信ずればよいし、田畑をもって生まれた農民は、土地を信ずればよい。

しかし、なにも持たずに生まれたものはどうすればよいのだ？

「今こそ、迷いは捨てい！」

井上は言った。

下っ端が世に出て〈よすが〉を勝ち取る好機である。

「生きるために捨てい」

新撰組に入る前。

若手隊士の多くは、何者でもなかった。

それは生きているとは言わない。

「剣にすがり、剣に生きよ」

その言葉は、日々の雑務に追われる若者たちの心に、清水のように流れ込んできた。

やれ、幕臣になって高給をもらうだの、いや薩摩に奔《はし》って保護してもらうだの、さまざまな思惑の渦の中で、いったいどこに向かっているのかもわからない毎日。

（今、剣にすがれば、明日を勝ち取れるというのだな）

多くの若者はそう思った。

おそらく、ほぼ全員が、上を向いて大きな問題に取り組んでいるこの新撰組という組織で、下を向いて足元をささえる平隊士の苦悩を理解していたのは、この井上源三郎だけであったのだ。

みんな、剣士を志すからには、沖田総司のようになりたい。

しかし、誰もが沖田総司になれるわけではない。

多くの若者が、沖田になれず、迷い、悩み、雑事に追われて、年をとっていくのだ。


そんな若者たちを、この古参の幹部はひとり見つめていた。

だから、このような言葉が出る。

「不安になるな、悩むな。剣を信じ明日を切り拓け——」

技量が高いだの、低いだの、関係ない。

評価が高いだの、低いだの、関係ない。

認められていようが、認められておるまいが、関係ない。

貴様らは、剣を信じてよいのだ。

それは、暗闇の中に灯《とも》る希望の光だった。

「貴様らは、路傍の石ではない。同志である。剣を信じよ」

おお、と誰かが答えた。

おお、おお、と、やがてさざ波のように、新参隊士たちが声をあげる。

誰かが、

「えいえい」

といい、若者たちが、

「おお！」

と鬨《とき》の声をあげた。

すると、永倉が飛んできて言った。

「うるさい！　この作戦は秘密裡に行うもの！　おのおの、静粛にすべし！」

みんな肩をすくめたが、井上が、

「まあ、永倉先生、若者たちが士気をあげておったのです」

と、とりなした。

永倉は、また井上か、というふうにため息をつき、言った。

「源さん、それはわかる。しかし、源さんもご存じのはず。今回の作戦は、隠密裡に行うこと。ご理解いただきたい」

「面目次第もござらん」

井上はこだわらない。

そのとき。

（あっ！）

鎖帷子を着こんでいた精次郎は、青くなった。

永倉と井上の背後に、白いものが、落ちている。

（ひょっとこや！）

混乱の中、箪笥や行李をひっかきまわしているうちに飛び出してしまったのだろうか？

武装した男たちの緊張感に、ふさわしくないフザけた表情――。

（し、しもた）

精次郎は、どっと汗をかく。

この中で、ひょっとこ面を持っているのは、おそらく自分だけだ。

こんなことで、男をさげたくない……。

口を醜く曲げたイチビリ極まりない面。

（拾って隠さんと！）

精次郎が腰をあげたときだ。

永倉新八と談笑していた井上源三郎は、精次郎にむかって片目をつむり。

さりげなくそれを、中庭のほうに蹴り飛ばした。

五　二番隊組頭　永倉新八

精次郎ら隊士一同は、永倉新八の指示に従い、七条油小路の長屋を接収し、そこに隠れた。

不動堂村の新撰組屯所から目と鼻の先である。

辻に、死体が放置してあった。

先の新撰組参謀にして現御陵衛士・伊東甲子太郎の死骸である。

首を刺し貫かれ、体中ずたずたにされ、血まみれであった。

「高台寺の連中は、必ず、死骸を引き取りに来る……。そこを皆殺しにするのだ」

永倉は、指示をした。

(ほんまに来るんか？)

精次郎は思った。

敵陣の前に、ツラをさらすようなものだ。

「来る――。奴らは、サムライだ」

諸士調役《しらべやく》兼監察を務めていた古参の剣客・大石鍬次郎《おおいしくわじろう》が言った。

巨漢である。

巨大な筋肉の塊が、興奮のあまり、肩で息をしている。

「サムライゆえ、必ず、来るのだ」

その言葉を聞きながら、ふと、ほんの数刻前に松茂登が言った言葉を思い出した。

(男はんは大変でんなあ。芸のネタ考えるのに、いちいち身分がどうやとか、故郷の親がどうやとか――どうでもよろしおす……。まったく、男はんはつまらんことにこだわりはって死んだりしはるし始末におえへん)

そうかもしれぬ。

精次郎は思った。

暗闇にひそむ隊士に、永倉からの丁寧な指示が回ってくる。

「敵に見えぬよう、刀は抜き身にするな。鞘に納めよ」

「槍は地に置け。月明かりが反射せぬよう」

「息は着物を通せ。空気が白く濁る」

みな、そのとおりに、口元に袖を当てつつ、得物の始末をする。

しかし、その動きは、どこか芝居がかっており、今の精次郎には滑稽に見えてしかたがない。

そもそも敵は、ここに新撰組が隠れていることぐらい、わかっている。

なにしろ、屯所の目と鼻の先だ。

しかも、伊東の死骸がここにあると、高台寺党の屯所に知らせに行ったのが、番所の役人である。

彼らは京都守護職の下級役人なのだから、新撰組から知らせが来たのと同じなのだ。

(あほか!)

ツッコみたい。

(わかっとるわ!)

大石の後頭部を思いっきり叩いてオチをつけたい。

味方も、わかっている。
敵方も、わかっている。
それなのに、わかっていない前提で、すべての作業をしていく。
いい年こいた大人が、目を血走らせ、大真面目な顔で。
なんとくだらない。
なんと滑稽なのだ。
（松茂登……）
精次郎は胸に手を当てた。
松茂登の芸がなぜウケるのかといえば、それが風刺だからだ。
舞台のうえで、このばかばかしい芝居を、これは芝居やで、と言って見せている。
当たり前のことを、当たり前に言って見せている。
寄席に集まる客の多くは、町人の旦那衆――つまり男たちである。
男たちは、知っているのだ。
この世の中で働き、争い、生きていくということは、芝居のようなものだと。
ソレを言っちゃあおしまいだから誰も言わない。
言わないけれど、誰もが知っている。

腹の底では、みんな知っている。

知っていながら、逃れられぬ。

（お笑い草やで――）

精次郎は、思った。

（わしら新参は、高台寺党との遺恨なんざよう知らん。昔のことなんか、知ったこっちゃない。せやけど、給金をもらっとるからには、やらなあかん。もとは男一匹精次郎やったもんが、給金をもらったとたん、新撰組の隊士ちゅうことになった。アホらし。舞台に立つ役者と、どう違うんや）

そう思ったとき、

（ああ、舞台に立ちたいなあ）

改めて、そう思った。

舞台は、その〈当たり前〉を、蹴っ飛ばすところだ。

諧謔と風刺で、その当たり前の世間様ってやつの嘘や虚勢を、あばいてしまうところだ。

だから、庶民の諧謔は、下品だ。

しかし、ウケたときの恍惚感は強烈である。

なぜだろう。

あの忘我感は、ひとを斬るときと同じだ。

ああ、やっちまったな、という強烈な感覚だ。

(ああ、せやな、松茂登)

精次郎は、思った。

身分とか、門付け芸がどうだとか、どうでもいいな。

お前らは、正しい。

(誇りよりも、志よりも、ウケることのほうが、ずっと大事や。それがほんまやからや。嘘偽りのない、ほんまもんやからや……)

暗闇で、精次郎は刀をかかえ、ただじっとうずくまっている。

やがて。

闇の中にうずくまっている隊士の間に、

「……来たぞ」

「敵だ」

というささやき声が回ってきた。

「剣を抜け」

「……手槍の鞘をとれ」

ごくり、と唾を呑み、体を差し出して路地を見ると、月明かりの中、一丁の駕籠《かご》と、それを取り囲む六、七名のサムライが見えた。

いずれも屈強の男たちである。

(高台寺党や……)

男たちは、伊東の死骸に近づき、ああ、とか、先生、などとつぶやき、嘆息した。

そして駕籠をおろして、死骸を収容しようとする。

そのとき。

永倉の口笛が、細く聞こえた。

行くぞ。

精次郎ら新撰組隊士三十名は、戸板を破り、狭い路地にいっせいに躍り出た。

肌を切るような冷気が、頬を刺す。

すべて黙って行動せよと、永倉には指示されていた。

沈黙した三十人からのサムライが、暗闇から、ただ武具の音をガサガサと、路地いっぱいに満ちるように現れたのである。

不気味であった。

「出たな、賊ばら！」
敵が、大声で叫んだ。
山のような大男である。
真っ暗闇ゆえ、顔は見えない。
あれがうわさに聞く篠原泰之進《しのはらたいのしん》であろうか。
ひげづらの、武者絵から飛び出したような豪傑だった。
なにやら猛獣のようだ。
怖い――。
精次郎は暗闇で密かに、怖気づいた。
「雑魚ばかりと見た。用はないぞ。土方を出せい！」
新撰組はそれでも言葉を発しない。
精次郎の前に、白刃をきらめかせた隊士の背中。
その向こうに、敵の黒い影。
新撰組は龕灯《がんどう》を用意していた。
敵の姿を照らす。
鋭い目つきをした、巨漢ばかり七人もいる。

全員目が血走り、髪を逆立たせ、刀を抜いて、鬼のような形相をしている。

「敵からは見えておらんぞ。おのおの、手柄をあげい」

吉村《よしむら》という監察が、冷静でよく通る声を出した。

「死にたい奴からこい」

低い、しゃがれた声がした。

それを発したのは猪首の小柄な男だった。

敵方の津軽脱藩士毛内有之助《もうないありのすけ》である。

闇の中の対峙を破ったのは、大石の裂帛《れっぱく》の気合であった。

「きえええええぇぇぇぃー」

という声が聞こえ、金属がかみ合う激しい音がした。

続いて、複数の隊士が、敵に躍りかかった。

あわてて、という感じだった。

しかしさすがに、敵は少人数でもあり、覚悟ができていた。

「藤堂《とうどう》！」

「応」

「鈴木《すずき》」

「ここにおる」

「油断めさるな」

「貴様もな」

お互いの名前を呼び、連携をとりながら、攻撃を受け、反撃した。

獣のような声。

真っ暗で狭い路地に響き渡る。

がたり！

と立てかけてあった材木が倒れた。

誰かが天水桶にけつまずく音がした。

激しい戦いが始まった。

「うおおお」

「でやあああ」

「賊ばらがああ」

「裏切り者！」

怒号と、叫び声。

「ぎゃう」

「あああ」

何が起きているのかわからない悲鳴。

そのとき、精次郎は、どう参入してよいかわからず、戦いの周囲を、刀を前に、うろうろと動き回っているだけだった。

(ううう)

ただ、うろうろしている。

すると、なにかが飛んできて、ビシャリ、と頬に張り付いた。

手に取って、わずかな明かりに照らして見る。

切断された鬢《びん》と耳であった。

(うげげッ)

そのとき、

「どけ」

後ろで見ていた永倉新八が、精次郎を払いのけた。

永倉はしばらくそこで仁王立ちして、戦闘を睨み、目ばかりをぎらぎらさせていたが、機会を見てずいと前に出た。

「藤堂ぉぉぉ！」

敵方のサムライの名前を叫び、踏み込むと、暗闇の中で刀を上段からたたきつけた。
がきん！
敵はそれをがっしり受け、鍔元《つばもと》での押し合いとなった。
その背後では、大石が、別の敵と対峙している。
闇に浮かび上がる敵は、返り血で真っ赤になっていた。
気が付くと、狭い路地の足元には、斬り倒された敵味方の死骸――。
「げえええええ」
戦いながら、吐いているやつがいる。
失禁しているやつもいる。
とてつもない臭気だ。
しかし、気にするものなど誰もいない。
気づいているのは精次郎だけだ。
闇の中で、ひとが斬られ、また噴き出した血からわきあがる湯気が、光っている――。
どれぐらいそうしていたであろうか。

敵の半数が斬り倒されたところで、あとの半数が、逃げた。

「逃げたぞ！」

「追え！」

慌てて精次郎は、他の若手隊士たちと後を追ったが、やがて見失った。

月夜とはいえ、夜の京は、闇である。

潜んでしまえば見えぬし、町家の間の路地には木戸があって、入れない。

精次郎が仲間たちと七条油小路に戻ると、月明かりの下に、目をむいて倒れている敵の死骸があった。

二十人程度の隊士たちが、興奮冷めやらぬ風情で、立ちつくしていた。

みな、全身から湯気をもうもうとあげ、肩で息をしている。

血の臭いがする。

汗と脂のむせかえり。

人を殺した男たちの体の、独特な獣臭。

異様な光景だった。

「諸君、よくやった」

永倉は、抑えた声でいった。

「倒れた同志は、屯所に運ぶ。敵は、このまま放置せよ。まだ逃げたものがいる。諦めずにまた死体を取りに来るかもしれん。再び、ここで張り込むのだ」

そして、振り向き。

たまたま背後にいた精次郎の影に向かって言った。

「そこにおるのは播磨精次郎だな。貴様、屯所までひとっ走りして、交替を寄越すように言ってくれ。他の者は、交替が来るまで、この場で待機だ」

「応」

男たちは闇の中で、荒い息で答えた。

精次郎は、

「はっ」

と、短く返事をすると、屯所に向けて勢いよく走り出した。

戦場を抜け、路地を出ると、すぐに京の端。

北に家が、南に田畑が広がる道に出た。

興奮している。

しかし、それでいながら、頭の奥底は冷静であった。

(な、なんもできんかった……)

仲間たちが、手柄を見せるときとばかりに、修羅場に飛び込んで血まみれで戦っているとき、精次郎はそのまわりを、おろおろと動き回っていただけだ。

飛び込むべきだったのに、できなかった。

大坂の賭場で用心棒をやっていたころ。

どんな喧嘩の場にだって、修羅場にだって、平気で飛び込んでいった。

度胸だけは、誰にも負けぬつもりであった。

しかし、何もできなかった。

自分の中で何が変わったというのだろう。

今夜の自分は、確かに、おかしかった。

走りながら、少しずつ興奮が冷めてくると、恐ろしくなってきた。

新撰組は、怯懦《きょうだ》なるものを嫌う。

敵に背を向けたというだけの理由で、切腹させられたものもある。勇なきものは死あるべし。それが新撰組だった。

(今夜のわしは、どうかしとった――)

猛烈な恐怖が、精次郎を追いかけてくる。

闇を走る速度をあげる。

（真っ暗やった。みんな戦いで必死やったし、わしの姿は見えておらへんはず。大丈夫や。大丈夫なはずや）

自分に言い聞かせる。

死にたくない。

こんなことで死にたくない。

今回の戦いを指揮した二番隊組頭・永倉新八の後姿を思い出した。

六尺豊かな上背。

山のような鍛えられた筋肉。

堂々としたサムライであり、惻隠《そくいん》の情も持ち合わせた男だ。理不尽なマネをするような幹部ではなかった。

（せやけど……）

沖田総司に次ぐ新撰組の看板は、部下が怯懦なりと思えばやるべきことはやるだろう。

永倉が、貴様、なにもやらなかったではないか、死んで同志に詫びよ、と鬼のような形相で叱る顔を想像した。

油小路から、屯所までは、ほんの目と鼻の先。

南側は水菜の畑と田圃。
精次郎は思わず、田圃にとびこんだ。
そして、体中に泥をなすりつけて、袴に刀傷をつけた。

六　浪人　濱田精次郎

その日から、得体のしれぬ不安や恐怖が、精次郎を襲った。

理屈ではない。

誰かに責められたわけではない。

ただ、自信の喪失から、自分を見失い始めた。

自分の無様な働きぶりや狼狽ぶりを、周囲の誰かが見ていて、どこかで非難しているのではないか――そう想像して、足が震えた。

（考えすぎや。冷静になるんや）

そう思ったが、どうしても恐怖心をぬぐえない。
考えすぎると、今度は、理不尽な怒りにも襲われた。
組織や、人間関係が、急に気になるようになった。
新撰組は、局長近藤勇が江戸で主宰していた道場の門人、食客が中心となってい
る。それ以外のものは、どんなに頑張っても褒められても、究極の信頼を勝ち得るこ
とはできない。
毎日の仕事に追われながら、いつしか、その、組織の根本的な問題が頭にこびりつ
いて、離れなくなった。
その組織をとりまく空気のようなものが、自分を襲いにくるような感じがした。
(わしはどうなるんやろか——)
日々の隊務が、手につかなくなる。
耐えきれなくなって屯所を抜け出し、河原亭に顔を出すと、文枝や松茂登が変わら
ずに舞台に出ていた。
文枝は、例によって〈三十石〉ばかりを演っていたが、客席は沸いている。
松茂登の美貌も健在であり、それを目当てに来ている客も多かった。
精次郎は、急にふたりがうらやましくなった。

客席を見よ。

彼らは、求められている。

必要とされているではないか。

しかし、自分は、誰からも求められていない。

新撰組は、そもそも古参幹部のものであり、新参は給金を払って雇っている家人《けにん》のようなものであった。

いてもいなくてもよいのである。

よほど迷いがない男でなければ不安になる。

屯所に戻ると、どこからか笑い声が聞こえる。

だれかが剽げたことを言い、複数の男たちが笑っている。

闊達《かったつ》で明るい声であった。

今までは気にならなかったのに、今の精次郎は気に障《さわ》った。

(気楽な奴らはええわな――)

そして、自分のことを嗤っているのではないかと邪推した。

そんなわけはない。ひねくれた思いが、どうしようもなく頭蓋内を満たしているだけのことだ。そのことに自分でも気がついており、どうしようもなく苦しい。

屈強な男どもの中にあって、ただひとり、精次郎だけは、無力感にさいなまれている。

精次郎は、あせった。

(どうしてしもたんや)

小部屋に、逃げるように入り、襖を閉め、独りきりになる。

自分の柳行李を取り出し、中身を見た。

そこには、大神楽に使う籠と、ひょっとこの面が入っていた。

見れば見るほど、不思議な面である。

農村において、火を噴く男を模したとか、神への祈りの際の苦痛の形相を誇張したものだとか、物を知る人はさまざまなことを言う。

しかし、そのような理屈はどうでもよい。

バカバカしい。

その一言に尽きる。

「…………」

そっと、精次郎は、面を、自らの顔にかぶせてみる。

不思議と、肌に吸い付くような感覚がある。

もともと面は、人間の顔にぴたりと合うように作られている。

その密着感が、心地よいのだろうか。

ひとり、薄暗い小部屋の中で、面を顔に当て、じっとしていた。

また、屯所のどこからか豪快な笑い声が聞こえた。

この世の中で、自分だけが不安であり、まわりの誰もが迷いなく快活であるように思えた。

これほどの孤独を感じたことはなかった。

そして、彼らがうらやましかった。

きっと、薩摩のサムライは、自分が薩摩のサムライであることに疑問を感じないであろう。長州人もまた、自分が長州人であることに迷いはないであろう。

新撰組の仲間たちもみな、自分が新撰組隊士であり、自慢の剣で出世の道を切り拓いていくのだということに迷いはない。

自分だけが迷っている。

その原因がなにか、自分でもよくわからなかったが、迷っているのは確かであった。

（わしは、剣というものを信じ切れておらへん……。人を斬るとき、心の奥底に迷い

がある。ダメな奴やな、わしは――。サムライとして、ダメや）

涙が、出そうだ。

精次郎は、ひょっとこの面をつけたまま、うつむいている。

誰もおらぬ。

ふと。

精次郎は、踊ってみたくなった。

立ち上がる。

盆踊りのように両手をあげて腰をひねる。

音もなく、そっと籠を手に取った。

竹の毬をほうりなげ、籠の上で転がしてみる。

くるくると心地よく、毬は回った。

胸の中で、つぶやいた。

――いつもより、余計に回っております。

四条河原亭の客席を思い出す。

満員の客席。

天から降るかのように送られる歓声と拍手。

揺れるような人々の爆笑。

ああ。

胸の中の苦しみが、溶けてなくなるようだ……。


――ほいさ。ほいよ。

――はいよ。はいよ。

――アラヨット。ホラヨット。


少しだけ、気持ちが楽になる。

新撰組に対する不満を。

日々の悩みを。

くだらなすぎて、周囲の誰にも言えないような屈託を、ほんの少しだけ、忘れられるような気がした。

アホらしい。

アホらしいが、それがなんであろう。

心の中に浮かんだ言葉を、小さくつぶやいてみる。

――アホちゃいまんねん。パーでんねん。

心の奥底に、じんわりと温かいものを感じた、その時。

広間に面した襖が、からりと開けられた。

「！」

ひょっとこの面をつけたまま、精次郎は、固まった。

そこに、武装した、井上源三郎が立っている。

そして、その向こうに、明るい大広間。

思い思いの格好で出撃の準備をする隊士たちの姿があった。

みんな、唖然としてこちらを見ている。

「…………」

いっぽう精次郎は、ホイサ、の手つきのまま、絶句していた。

「こらあッ」

井上は、大喝した。

左手に、刀を抱えたまま。

頭に鉢金をつけ、鎖帷子を着こみ、革胴をつけている。

「出撃準備中だというのに、貴様、なにをやっておるかッ」

その声は、びりびりと腹の底に響く低音であった。

幾多の戦いに臨み、幾多の敵を斬ってきた、サムライの声であった。

「そのような面をつけ、尻をからげ、股間を怒張させ、何を踊っておるのか！」

見たことのない、井上の表情であった。

「答えィ！　播磨ァ！」

しかし、精次郎は声が出ない。

「ううう っ！」

殺される。

そう思った。

このまま、殺される。

幹部には、士道に背きたる不心得ものを処断する権限がある。

実際、多くの隊士がそうして粛清されてきた。

男らしくないこと。
武士の振る舞いに反すること。
新撰組では、それだけで充分、死に値する。
そして。
この状況はどう考えても、武士の振る舞いに反している。
ひょっとこ、尻出し、ホイサの手つき。
重武装の仲間たちとの対比が、痛々しい。
(し、死にとうない)
しかし、体は動かない。
「おのれ、不心得者!」
井上源三郎は、刀を大上段に構えるが早いか、強く精次郎の肩を打った。
精次郎は倒れこむ。
「あうッ――」
力が抜けていく思いだった。
井上は、ずっと精次郎の理解者であった。
陰に陽に井上は精次郎を助けてくれた。

（河原亭でのことやって――）

まめに報告していた。

井上は、芸のことを、知っていたではないか。

それなのに今、その井上に自分は打たれている。

（な、なんでこんなことに……）

精次郎は、改めて奥歯をかみしめた。

「おのれ！」

井上は、再度、精次郎を打った。

今度は、側頭部であった。

猛烈な衝撃と痛みが、精次郎の体をぐらつかせた。

手を当ててみる。

血は出ていなかった。

井上は、刀を鞘から抜いていなかった。

鞘打ちである。

「貴様。この前の油小路においての戦いぶりといい、ここのところのたるんだ隊務といい、何事か！」

「あ……」

その言葉は、精次郎の心の急所を、ぶすりと刺した。

「しかも、皆が命がけの出撃準備をおこなっておるとき、ひとり部屋にこもり、そのような面をかぶってみだらな想像にふけっているとは何事か！」

井上は斬りつけるように、言った。

「剣に命を賭するのがサムライ。貴様のようなものを、サムライとは認めん。斬り捨てる価値もないッ」

「い、井上先生」

必死で精次郎は、頭をさげる。

「お、お許しを――」

「許さぬ」

「わたしも、出撃させてください」

「許さぬ！　百姓め。思い知れ！」

井上は、繰り返し、精次郎を打った。

実戦で鍛えあげた剣客の打擲《ちょうちゃく》である。

精次郎の、体、顔は、あっという間に、血だらけになる。

骨のひとつも、折れていたかもしれない。

あわてた若手隊士たちが立ち上がり、井上を抑えにかかる。

「井上先生！」

「なにがあったのですか？」

「お止めくだされ！」

羽交い締めにされても、井上の打擲は、止まらない。

「うるさい。わしは、この男に目をかけ、サムライのなんたるか、新撰組のなんたるかを教えてきたつもりだ。それなのに、この男はいつまでたっても覚悟がたらぬ
──」

「──」

「いつも何かに屈託を抱えおって。男なら料簡せぬか！」

「──」

「隊務を賜り出撃準備をすべき命懸けのときに、ひょっとこ踊りなどしおってッ。堪忍袋の緒が切れたわッ」

「──」

「わしは、このような男の腐ったものを鍛えたわけではないッ。わしが鍛えたのは、

サムライだ。わが精鋭六番隊は、忠義に命を懸ける死兵のみッ。この日の本の民草のために死する覚悟ができたる本物のサムライのみッ。非番時ならいざ知らず、出撃準備中に、ふざけた下品なひょっとこ面などをかぶり、しかも、股間を怒張させて踊るなんぞ、恥の極み。この刀の錆にするのも惜しいわ。目障りじゃ！　去れ、去れ、去れ――――いッ！」

ひょっとこ面が、血まみれになって、庭へと飛んで行った。

その下から、涙まみれの精次郎の顔が出てきた。

「こ、股間を怒張など……させて……おりまへん……」

蚊の鳴くような声で言ったが、心は、完全に折れていた。

(も、もうあかん)

そう思った。

(もう、ここにわしの居場所はない)

あれだけ憧れたサムライになれた場所。

幕臣として扱い、月二十両という給金を与えてくれた場所。

男としての心構えと生き方を教えてくれた場所。

新撰組には、もう、自分の居場所はないのだ。

井上は言った。

「若い隊士たちよ。諸君は、わしにとっては、息子のようなもの。生死を共にする同志である――。しかしこの男は、いかに剣に生きよといっても、ひょっとこの面が大事であった。大神楽のごとき卑しきものが大事であったのだ。サムライとして生き抜く一生懸命さが足りないのだ」

違います、と打たれながら、精次郎は思った。

精いっぱいやった。

できることは、なんでもやったのだ。

巡邏から、妾宅への炊き出しまで、与えられた仕事はなんでも誠意をこめてやった。

しかし、ダメだった。

気持ちはあった。

やる気も覚悟もあった。

ただ、実力がなかっただけだ。

結果を責められるのは、仕方がない。

しかし、おまえは一生懸命でなかったと責められるのは、つらかった。

自分の、すべてを否定されているような気持ちになった。
「う〜〜〜〜」
奥歯をかみしめ、精次郎は井上に打たれるがままになっていた。
そして、血まみれになって、不動堂村の屯所を、捨てられるように追い出された。
「去《い》ね！」
井上は言った。
当番隊士が守る、立派な長屋門。
目の前は田圃である。
足元がふらついて、思わず溷溝に足を突っ込む。
精次郎は、泣いた。
子供のように、泣いた。
精次郎が悲しかったのは、他ならぬ井上源三郎に馘首《くび》だと、言われたからであった。
サムライとして失格だと言われたからであった。
考えれば、精次郎にとって、サムライとは、この井上源三郎そのものであったのだ。

私欲なく。

目立たず。

それでも誠実にやるべきことをやる。

決して派手ではなくても、皆が信頼している。

そんな井上こそ、サムライであった。

近藤勇や、土方歳三に叱られても、どうとも思わない。

（せやけど井上先生は違う――）

井上源三郎にダメだと言われるのは、自分という人間そのものを否定されたようなものだった。

井上は、迷い悩む若者たちに、さまざまな示唆を与え続けた。

なにものかになり、意味のある一生を送れるよう、心を砕き続けた。師のような存在であった。

そんな井上に、ダメだと言われた。

「わが新撰組は、出自は問わぬ。貧しい生まれだろうと、親がおらなかろうと、悲しい人生を送ってきたものも、苦しい人生を送ってきたものも、忠義に生くる志さえあれば、同志である。サムライである。誇り高き、男子であるッ」

井上の言葉だ。

何度その言葉に励まされたか。

しかし、ダメだった。

その志自体がゆらいだのだ。

だからダメだと言われたのだ。

「うわあああ——。うわあああああ——」

精次郎は、泣き続けた。


「な、何があったんや!」

血まみれになって四条河原亭にあらわれた精次郎を、文枝は抱えるようにして迎え入れた。

「ううう」

ただ、精次郎は泣いている。

顔は芋のように腫れ、血まみれである。

しかし、どうやら斬られてはいないようだ。

「ええわ、ええわ。ともかく、生きとるだけでめっけもんや――」

文枝は、小者に、下足場わきの小部屋に床をとるように命じた。

精次郎は、運び込まれ、眠った。

顔中を腫らしたまま、ひたすら眠り続けた。

下足番が、顔中のたんこぶを冷やす手拭いを、水に濡らしては替えてくれるのを感じていた。

（文枝はん、おおきに――）

それが、文枝の手配であることはわかっている。

しかし言葉が出なかった。

なんどもまどろみ、苦しみ、眠っては、目覚めた。

どれぐらい時がたったのであろうか。

気が付くと、早朝であった。

はたしてそれは、翌日であったのだろうか。

それともその翌日であったのだろうか。

わからない。

ともかく、劇場は、朝であった。

小部屋から外に出る。

気が付くと、京の町は、冬である。

まだ痛む頭を押さえつつ、ふらふらと外に出ると、四条の大通りには、ひとっこひとりいなかった。

小橋を渡って、大橋のたもとまで歩き、広々とした河原を眺めた。

川もやが、あたり一帯を白く包んでいる。

その寂しげな光景を見て、精次郎はふと、

(ああ、わしは――夢を失ったんやな)

と、思った。

子どものころから、一人前のサムライとして立身出世するのが夢だった。

時代は乱世である。

青雲の志を持って、大坂へと出た。

最初は、苦心したが、新撰組の新規隊士募集という、またとない時宜を得て、サムライとなった。

素晴らしい体験だった。

サムライもサムライ、天下の幕臣にまでなったのだ。

あとは惜しみなく働き、播磨精次郎直胤ここにあり、と名をあげるだけだったのだ。

しかし、その道は、途絶えてしまった。

(生まれてからずっと、ただ歩いてきた道やのになあ……)

精次郎の細い目に、涙が浮かぶ。

すると、その時、川向うから、コロカラ、コロカラと、下駄の音がした。

霧の中を近づいてくる人影。

どうやら女らしい。

目を凝らす。

「ま、松茂登はん……」

松茂登は、地味な袷《あわせ》を着て、髪を乱暴にまとめただけの姿だった。

化粧もなにもしていないが、充分に美しい。

「あら」

橋のたもとに立って、じっとこちらを見つめている男を、松茂登は誰だかわからなかったようだ。

訝しげに首をかしげる。

そして、しばらく考えた後、

「は、濱田……精次郎はんどすか？」

精次郎の顔は、ぼこぼこに腫れ、見る影もなくなっている。

精次郎は恥ずかしげに頭を掻いた。

「ああ。せや。おはようさん」

「はい、おはようさん――って、あんた、そのお顔、どうしはったん？」

形のいい鼻をつんとあげ、小さな唇をおおきくひろげ、松茂登は瞠目する。

「河原亭の下足部屋に泊まらせてもらっての――」

「そないなこと、どうでもよろしい。その顔や。どっかで喧嘩か戦があったんかいな」

「そんなもんや」

「えらいこっちゃわあ。おサムライはんは、大変どすなあ」

「まあ、こんなこともあるわ。松茂登はんこそ、どうされたんや。こんな朝早《はよ》うに」

精次郎が訊くと、松茂登は、冷え切った頬を赤く染めてこう言った。

「へえ。昨夜、寝とったら、ずいぶんと新ネタの創意が湧きましてな。忘れへんうちに、客が入る前の舞台で一度さらっときとうなりましてなあ。いてもたってもいられへんようなって、夜が明けてすぐ、家を出てきましてん」

松茂登の目がきらきらと輝いている。

「朝、誰もおらん舞台も、ええモンでっせ」

嬉しそうに、笑う。

「そういうもんか」

「うち、芸人やさかい」

松茂登の全身から、湧き立つように、明るい精力が溢れ出ているように感じた。

美しさだけではない。

彼女の体から、好きなことを、全力でやっているものの、喜びのようなものを感じるのだ。

ああ、わしは、この女を、見誤ったのかも知れない——。精次郎は思った。

「松茂登はんは、舞台が好きか」

「へえ」

「けったいな女やのう」

「そう思いはります？」

松茂登は、その眼をくるくると丸くして、肩をすくめる。

「精次郎はんも、舞台が好きどすやろ。この前の舞台を見て、そう思いましたけど」

「いや」

「ええんです。舞台の魅力は、理屈やあらへんもん」

「────」

「それにな。あんたはんには、同じ匂いを感じます」

「どういうことや？」

「精次郎はん、あんた、田舎の出どすやろ。それも関東の武張《ぶば》ったところやない。西や。間違いない。うちもそうどす。うちは、伊予の田舎の水呑み百姓の十人兄弟の八番目。十の年に女衒《ぜげん》に売られたんどす。それからの苦労は、言わずもがなや。あんたはんといっしょ。そうどすやろ」

「…………」

「あんたも、世間のいろんなとこを見はって、泥を呑んで生きてきはったんとちゃいますか。うちも同じや。せやから、寄席の舞台が好きなんどすわ。寄席の舞台ちゅうとこは、そういうモンのためにあるものや。決して、ちゃんとした立派なお人のためにあるところやありまへん。ちゃんとした立派な人は、ちゃんとしたお座敷に行かはりますし、葭簀張りの寄席なんか来はるのは、行く場のない人たちばっかりや。うちは、そういう人たちを笑かすのが好きや」

「ふむ」

「寄席では、身分は関係あらへん。出自も経歴も問われへん。ただ、おもろいものがええんどす。舞台の上では、好きにやらせてもろて、拍手喝采をいただける。おあしも、お褒めもいただける。楽しいわ」

「――三本木の芸妓やったと聞いたけど」

「へえ。ようご存じで」

「なんで座敷に出られへんようになったんや？　おまえほどの器量やったら、きっと売れっ妓《こ》やったろ」

「事情がありましてん」

「長州か……」

「新撰組のおサムライはんには、言いとうありまへんなあ」

「心配すな」

精次郎は、自嘲気味に言った。

「わしは、追放になった」

顔を指差して、笑う。

「ま」

松茂登は酢を飲んだような顔をする。

「それでも、すんまへん。おサムライはんには言いとうない」

「……そうか」

精次郎は、肩を落とす。

精次郎は、言わずもがなのことを、言いたくなった。

急に、この女に、聞いてほしくなった。

「わしは、馘首になったわ。わしは、他の隊士のようにはなれへんかった。サムライとしては、まったくあかんかった」

「へえ」

「切腹もさせてもらえへんかった」

「よかったやありまへんか」

松茂登は言った。

「おサムライはんの時代は、もうすぐ終わります。斬った張ったの時代は、終わりやないですか。泥船から逃げることができはった。そら、めでたいこととちゃいますか」

あっけらかんとした松茂登のもの言いに、サムライの心を知らぬものの言葉だな、と精次郎は思った。

男は、志に生きるもの。

そして、自らの意地と名誉のために死ぬものだ。

それもできなかったのは、怯懦と惰弱《だじゃく》のなせる業であろう。

その自責の念は、筆舌に尽くしがたい。

しかし、松茂登は続けた。

「文枝はんも言ったはりましたやろ。ちょいと足を延ばして、開港地に行ってみなはれ。碧眼《へきがん》の異人はんが、見たこともないような服着て、見たこともないようなもんを食べたはる」

「――――」

「この国は、変わりますえ」

「どう変わる？」

「知りまへん」

松茂登はとりとめがない。

「せやけど、変わるのは確かどす。異国では、将軍も大名も、町人が入れ札で決めはるそうどす」

「町人が、入れ札で」

「いつか、そんな日がきたらええどすなあ」

「そうなったら世も末や思うわ」

「そうどすやろか？　うちはそう思いまへん。きっと、ようなる。良い方向に変わっていく。今、この町で、おサムライはんは、せいぜい威張ってはる。せやけど、どうどっしゃろ。その天下もいつまで続くか。徳川の時代もたいがい終わるんやありまへんか」

精次郎は苦笑した。

「やっぱりおまえは、長州の男に入れ知恵されとるようやな」

「いいえ」

松茂登は胸を張る。

「この町で暮らすモンの、正直な感想や」

「――――」

「うちは京に出てかれこれ十年になります。いろんな国の、いろんなおサムライはんが来ては、去って行かはった。この町の流行《はや》り廃《すた》りはほんまに早うて目が回る」

　なぜか松茂登は嬉しそうだった。

「うちが京にのぼったころは、水戸のおサムライはんが人気を集めたはった。あっちゅう間に水戸の人気が落ちて、土佐、長州の時代。そこへ会津がやってきはって話題を集めた思たら、出自のわからん浪士組の天下。ほしたら長州は追放されて、会津の天下。かと思たら、あっちゅう間に会津が嫌われ、今や薩摩の天下……。みやこの流行りいうんは、おそろしいわ。あっちゅうまに流行り、あっちゅう間に消えていく。みやこの人間は、ほんまに飽きっぽい」

「――――」

「けど、変わらへんもんもあります。それは、みやこに暮らす人々の営みや。泣いたり、笑《わろ》たり、悲しんだり、楽しんだり。そういう地道な営みや。あんたはんらサムライは、野望やら、志やら夢やらを持ってみやこに出てきはるのでっしゃろ。そういう連中は、短いですわ。続きやしまへん。その点、地道に暮らすうちらは長続きしますえ」

「――――」

「地道に暮らしとるうちらには、薩摩の世やろが、徳川の世やろが、サムライの世やろがお公家はんの世やろが、かまいまへんのや」

「――――」

「みやこの人間は心の奥底で、こう思うとる。せいぜい殺し合うがよろし。時勢は流れ、変わる。サムライの時代もようよう終わりや、て……」

松茂登の目は、きらきらと輝いていた。

「夢や志やて言うたはるサムライたちは、みんな、死んでしもたらええ」

おどろいて、精次郎は、松茂登の整いすぎた顔を見下ろした。

「夢や、志や、と騒いではる連中は、そこにささやかな暮らしがあって、泣いたり、笑ったりしてる無名の人々がいることに目もくれへん。暮らしの中で、どない苦しんではる人がおっても、気にしはらへん。名のある連中、成功しとる連中の間だけで、難しい話をしあって、意地を張り合って、戦うて、浮世の中心に自分がおることに酔ったはるだけ。男はんは、ほんまに、アホや」

「――――」

「光の中におって、満ち足りた連中は、傲慢――。せいぜい、名誉のために死ぬがよろし。ご苦労なことです」

その言葉は鋭かった。

そして、容易ならざる言葉であった。
しかし、なんと新しく、聞いたこともない言説であったか。
その意味するところは、傷ついた精次郎の胸の中に、自然に流れ込んできた。
考えれば、精次郎はずっと、世に出たいと、そればかりを考えて生きてきた。
播磨の田舎にいるときも。
大坂の賭場で、危ない連中と付き合っているときも。
新撰組に入ってからも。
必死で、上を見て、自分の名を上げるのだと考えてきた。
新撰組は、誠と志の集団である。
しかし、考えてみれば、薩長もそうであった。
彼らなりの義があり自分なりの義もある。
それだけの話だった。
しかし、それがなんであろう。
毎日を淡々と生きる民草のほうが、実は立派ではないか？
そしてその民草に寄り添う芸人は、サムライよりも強くはないか？
「うちは、笑いたいんですわ。笑わせたいんですわ――」

「…………」

「寄席に来るんは、気高い国士でも志士でもありまへん。この町で暮らしておるオッチャンたちどす。行く場もない、大きな夢もない。せやけど毎日、生きてはります。苦しみを、悲しみを、笑い飛ばして、生きてはります。ちょっと負けたぐらいで腹を切るとか、うまくいかへんぐらいで付き合う連中を替えるいう志士なんぞ、嫌いどすわ。うちは、立派な志士はんや国士はんに笑《わろ》てもらうよりも、寄席の、オッチャンに笑てもらうんが好きや」

松茂登は、形の良い唇を、厳しく引き締めて、そう言った。

ああ、そうか。

精次郎は思った。

寄席の芸というんは、そのためにあるんやな。

うまく行っているひとの機嫌をとるのではなく、うまく行かないひとに笑ってもらうためにある。

だからいつも、光の中にいる連中の欺瞞《ぎまん》を暴く。

思えばわしの、大神楽の芸も、農村の芸だ。

農村の芸は、日常をただ生きる無名のひとに笑ってもらうための芸であろう。

だから、桂文枝は、それを演れと言ったのだ。

ウケなかったのは、わしの芸の至らなさ。

しかし、大神楽は、やはり寄席で演じられるべき芸なのだ。

染之助・染太郎は、寄席でこそ、生きるのだ――。

「あんたはん、凄いな」

「急に、なんやろ」

「いや、本気や」

そして、一方で、こう思った。

（ああ、やっぱりこの女は、どこかで長州の誰かとつながっとる）

と。

精次郎が新撰組とつながりがあると思っているから、決して白状はしない。

けれど、松茂登が言っていることは、長州派の志士たちの言説とそっくりであった。

いわく、徳川の時代が終わり、新時代がやってくる。西洋文明のすぐれたるところを学び、この国の独立を守り、発展と繁栄を目指す。天皇の名のもとに四民平等を実現し、将軍をやがては入れ札で決めるようになる。サムライの時代は終わり、身分を問わぬ平民の時代がやってくる。

三本木のお座敷で何があったのかわからないが、桂小五郎と幾松のように、松茂登にも長州の愛人がいたのではないか。

そして、その男は、京を追放され、今はどこかで国事に奔走している——。

精次郎は、その男に、嫉妬した。

七　長州藩士　伊藤俊輔

慶応三年も押しせまると、いよいよ洛中は剣呑となった。

秋の大政奉還で戦争が避けられたかのように見えた京だったが、冬にかけて、薩摩、土佐、紀州、会津、桑名、公卿といった勢力が主導権争いをくりひろげ、いよいよ爆発寸前という情勢になったのだ。

やはり、戦争は避けられないらしい。

さすがの京の町人たちも大八車に家財道具を載せて、洛外へと疎開を始めた。

安政《あんせい》の頃より、どんなに大きな事件があったときも客が途絶えることがなかった四条河原亭も、客足が遠のき始めた。

「親分から、お許しが出たわ――」

ある日、桂文枝は言った。

「わしは大坂へ下る。これから京は戦や。行く先がないもんは、わしについてきなはれ。大坂船場淡路《あわじ》町《まち》の幾夜《いくよ》亭《てい》はわしの根城や。あんたらぐらいは、なんとでもする。精次郎はん、松茂登はん、よろしかったらついてき。命を軽々に捨てるなや」

精次郎は、従うことにした。

新撰組を馘首になった今、京に居残る理由はない。

大坂に戻って出直す。

また最初からはじめるのだ。

意外なことに、松茂登もついていくといった。

「もう、京には、おなじみはんもいてはりまへん。潮時や」

「よっしゃ、決まりや。みな、ついてきい」

文枝は、翌朝、精次郎や松茂登、京でひろった小者や弟子を引き連れて、竹田《たけだ》街道を伏見《ふしみ》へくだった。

ゆるりと街道を歩きながら、文枝は言った。

「ところで、松茂登はん、精次郎はん。いつぞや話した、万歳の話は覚えておるかの」

「へえ、まあ……」

「本気かいな？」

「本気も本気。わしゃ、やる気満々や。どや、こうなったら、わしに任せてみいひんか？　世の中が落ち着いたら、どこぞへでも好きに行くがええ。せやけど、しばらくは、大坂船場の幾夜亭にこもって芸でも磨いとくしかないんや」

「そこまで言わはるんやったらなあ。他にやることもあらへんし」

「わしも、落ちるところまで落ちたしのう」

精次郎と松茂登は顔を見合わせた。

「実はわし、台本を書いたんや。行李の中にはいっとるから、大坂ついたら見せたる。有名な落語の噺で〈宇治の柴舟《しばぶね》〉ちゅうのがあるやろ。あれがええわ。あれやったら若旦那と美人の姐さんが出てくる。美女と旦那の組み合わせのあんたはんらにぴったりや」

「宇治の柴舟とな？」

「材木問屋の若旦那はんが、絵で見た美女を追いかけて、宇治まで行く話や」

「おもろそうな話やな」

「うむ。それをな、男と女のふたりで掛け合いをするように書き換えたった。こらウケるでえ」

文枝は、これ以上痛快なことはない、というふうに、ウシシシシシと笑った。

「あとのう、ふたりの高座名も考えといたわ」

「高座名？」

「そうや。芸妓松茂登と、濱田精次郎では、覚えにくうてたまらんわ」

「そうかの？」

「わしらの出会いは、四条大橋近くの河原町や。京都でいちばんにぎやかな盛り場やな。大きな町の盛り場のことを、えげれす語で、ダウンタウンていう」

「なんやそれ」

「けったいな言葉や」

「四条にちなんで、桂ダウンタウン」

「――――」

「どや！」

松茂登と、精次郎は大きくため息をついた。

「なんでえげれす語なんや」

「覚えられへん」

「なに言っとるのや。新時代やで。斬新やないかい！　ごっつええ感じや！」


一年ぶりに戻った大坂は、大変な混雑だった。

街道からお城を見上げ、天満《てんま》橋から堀川《ほりかわ》のほうへ回り込む。

どこもかしこも、立錐《りっすい》の余地もないほどの人ごみだ。

文枝一行は大きな荷物をかかえて、人ごみをのろのろと進んだ。

大坂の町は八百八橋。

大小の堀を橋で渡るたびに人が増えていく。

「なんやなんや。けったいやな。祭りかいな」

「師匠、ちがいますよって」

「京から人が、下って来とるんですわ」

「知っとるわい、アホ。冗談やないかい」

文枝は、頬を膨らませた。

京の政情が悪化し、明日にも戦争が起きそうだというので、多くの人びとが避難してきている。

また一方で、その京に入って儲けようという商人が、全国から船で難波津《なにわづ》に入り、八軒家《はちけんや》から伏見まで川船を使おうとする。

それらの人びとが入り乱れ、大変な混雑になっている。

「精次郎はん、商人ほど油断ならんモンはない。この混雑は、戦が始まる証拠やそやで」

「それだけやない。サムライも大坂城に入っとるんやろ」

精次郎は答える。

新撰組は以前から、ひとたびことが起こらば、大坂城に籠って長州、薩摩の大軍を迎え撃たん、とする眼目を立てていた。

土方副長が軍事計画を書面にして、局長近藤勇の名前で会津松平肥後守《ひごのかみ》に提出してある。

日本一の海軍である榎本武揚《えのもとたけあき》艦隊も、すでに難波湾に入っているはず。

京都が落ちるようなことがあれば、海上では榎本艦隊、陸上では大坂城の新撰組・

旗本連合軍が連携して戦線を組む計画になっていたのである。

「なんや、ほな京から逃げてきても意味ないがな」

「そないなことはない。まず戦いになるのは京伏見やろ。大坂はそのあとや。なにしろ、大坂はひとが多すぎるからのう――」

ふと見ると。

人ごみの中を移動していく、山のように大きな異人がいた。

攘夷の本山である京都では、決して見ることのなかった光景だ。

異人は従者を連れ、見たこともない洋服に帽子をかぶり、ゆったりと歩いている。

背の低い日本人から、頭ふたつは飛び出た形だ。

思わず文枝は見惚《みと》れ、言った。

「さすが、商人の町・大坂や。異人はんがおるわい」

「異人など、汚らわしいわ！」

精次郎が叫んだ。

頭ではわかっていても、長年胸に刻み込んだ異人嫌いは、骨の髄までしみこんでいる。

「なにを言うんや、精次郎はん。神戸はもう開港したんやで。新時代はすぐそこや言うとるやろ」

「平気で獣肉を食らう連中なんぞ、信用できるかいな」

「頭が固いのう、元新撰組は……ゆーがいず、あすほーる」

「なんや、そりゃ」

「えげれす語や。だいぶ上達したろうが」

「なんて言ったんや？」

「このクソッタレが、という意味や」

「……誰に習《なろ》とるんや、その、えげれす語」

精次郎はあきれた。

やがて文枝一行は、大坂船場淡路町の幾夜亭にたどりついた。

のちの桂派牙城《がじょう》と言われた名席で、床の間、飾り棚を設けた立派な造作だ。

裏には堀が切られていて、小さな長屋がついている。

一行がついたとき、玄関先でまだ子どものような若手噺家が客寄せの拍子木を、カラチャッチャ、カラチャッチャ、と叩いていた。

合わせて始まる、鉦《かね》に太鼓に笛。

軽快な出囃子だ。

寄席は、無事に〈あきない中〉だ。

文枝が看板に近づいて、

「おおい、わしや！　京から戻ったでえ！」

と呼びかけると、その若者は、立ち上がり、

「し、師匠～！　戻りはったんですか――！」

と叫ぶが早いか、演台をかけおりて、文枝に抱きついた。


幾夜亭の裏の堀に面した長屋に、一行は荷を解いた。

長屋のわきに、舟まである。

「こりゃ、借金取りから逃げるのに便利なんや」

文枝は、笑った。

そして、落ち着くが早いか、精次郎と松茂登を座らせ、師匠の顔になって、こういった。

「さて、おふたり――」

急に、たいした威厳である。

よほど幾夜亭の居心地がいいのだろう。

煙草盆を引き寄せ、煙管《きせる》をくわえて、ぷかりとふかす。

「わしは、これから、おまえはんらで稼がせてもらうつもりや。京から、ただで助けたわけやない」

「助けた？」

「せや。わしは、言っちゃあなんやけど、精次郎はんを、新撰組の白刃のもとから救い出した、いわば恩人ゆうわけや。それを、忘れんときや」

精次郎は、反論しようとして、やめた。

考えれば、その通りである。

あのまま京にいれば、命はあぶなかった。

それは間違いないだろう。

文枝は、続ける。

「精次郎はん。こうなったからにはもう、覚悟を決めてもらうで。ごちゃごちゃ言うなや。まずは目の前の芸に集中するんや。あんた、舞台が好きやろ。舞台に立った時のあんたの目の輝きは、ごまかせへんで」

ああ、そうだな、と精次郎は思った。

精次郎は最初から、舞台が好きだったのかもしれぬ。

それを認めていなかっただけだ。

「で、松茂登はん」

文枝は、顔を松茂登に向けて言った。

「あんたはんは、芸妓や。これからどうしろて、わしが言うことやない。せやけど、京の情勢を考えたら、しばらくここで隠れとったほうがええ。わかるな」

「へえ」

松茂登は素直だった。

「まもなく、京は、戦になる。その中に女ひとりで戻るなんぞ、死にに行くようなモンや」

「へえ」

「心配せんでええ。ここ、大坂船場淡路町におるかぎりは、わしが親がわりになって守ったるさかい。大坂には顔が利くんや」

「お願い申し上げます」

「うむ――。ただ、ひとつ。明らかにしてほしいことがある。これは、わてらの身の安全にかかわることや」

文枝は、灰をぽんと落とすと、鋭く訊いた。

「あんた、長州に旦那がおるな」

松茂登は下を向いて、黙った。

「誰や？」

文枝は、言った。

精次郎もまた、じっと松茂登を見つめた。

文枝は、優しく、続ける。

「ここにおる精次郎はんは、もう新撰組とは縁が切れとる。いや、切れとらんかて、仲間を売るような男やない。それは長い付き合いのわしが保証しよ。これは、信用できる男や」

「これ、言うなや」

「お。ツッコミがうもなったのう」

「うるさいわ」

軽口を言いながらも、桂文枝は、柔らかな瞳を彼女に向けた。

精次郎は、この世のものとは思えぬほど美しい松茂登のうなじが、ふと赤くなるのを見た。

「旦那など、おりまへん。けど、惚れた男はんならおります」

「うむ」

「三年前の蛤御門の変で京を売って、行方不明にならはった――」

「なるほど」

「もう繋ぎもありまへん。しょせんうちは、三本木の芸妓。もううちのことなんて忘れたはるんでしょう」

「しかし、それであんたは、お座敷には出られんようになったんやろ」

「へえ。その通りどす。うちには、そのかたがいらっしゃったさかい、見廻組の詮議を受けました。うちは、長州の紐がついているいうて、お座敷には出れへんようになった。せやけど、伊予松山に帰るのは、いややって」

「…………」

「いつか、あのひとが帰ってきはるかもしれへん」

「うむ」

「そう思て、河原亭のお世話になったんどす。三本木からもほど近い四条の河原亭に出とったら、会えるに違いない」

「ふうむ。それにしては堂にいった芸やったで」

「へえ。もともと、人前での諧謔は好きどした。それに、舞台は楽しかったんどす。おサムライはんを笑わせて、お酒のお酌をしとるよりも、ずっとよろしい。町のお客はんに笑《わろ》てもらえたら、天にも昇る気持ちや……」

「ふうむ」

「この三年、お客はんに笑てもらうことに夢中どした。楽しかったなあ。うちは、貧しい生まれどす。子供のころからずっと苦労ばかりしてきました。この三年が、いちばん幸せやった。せやけど、仕方あらへん。うちの人生で、幸せは続かへん」

「何を言うておる。芸は続けてええで」

「ほんま？」

「ほんまや。わしが保証したる——」

「いや、嬉し。……夢みたいや」

「そらこっちのセリフや。あんたの芸は他にあらへん」

「おおきに」

「その代り、旦那の名を言え」

文枝は笑った。

松茂登は、唇を噛んで、じっと考え込んでいる。

しかし、やがて意を決して、言った。

「……伊藤俊輔《いとうしゆんすけ》はんどす」

「伊藤、俊輔」

文枝と、精次郎は顔を見合わせた。

「――知らんな」

「知らん名だ」

「……偉いひとではありまへん。桂先生の使い走りをしていたおかたどす」

「ふむ」

文枝は精次郎に向かって頷いた。

「良かった……。わしらが知らん名やったら、まず身に危険は及ばへん……」

「桂、大村《おおむら》、広沢《ひろさわ》いう大物の名前が出てきたらわしらも危ないかもしれんしのう」

精次郎も、大きく息を吐いた。

正直なところ、ほっとした。

ただ、長州であることに変わりはない。

その不安はぬぐえぬが、京洛の情勢は変わっており、一両日中の危難はないであろう。

　ふたりの会話を、松茂登は眉ひとつ動かさずに聞いている。

　精次郎は、聞いた。

「それにしても、松茂登。お前ほどのもんが、なんでそんな無名な下っ端に想いを寄せたんや？」

　ふ、と松茂登は笑った。

「たぶん……」

　見たこともない、優しい、柔らかい表情であった。

「名もないひとだから、惚れたんやと思います」

　松茂登は遠くを見るような目で言った。

「あの日は、桂先生が藩の重役はんらを接待する夜やった。日暮れの頃、幾松姐はんとうちらは吉田屋に出たんどす。そのとき下足場に小柄な子どもみたいな若いもんが座ったはりました。格式ある吉田屋にふさわしない汚れた格好の子ぉや」

「ふむ」

「あまり真っ黒な格好やったさかい、うちらを運んできた男衆《おとこし》はんがからかいはった。おい、そこの若いの、ずいぶんとまあ、まっ黒やな、どっちが前やて。そしたら、その若衆は立ち上がって、こう言いはった——うるせえ、鼻緒があるほうが前だ」

「ふふふ」

「みな、笑ったけど、うちが驚いたんは、立ち上がった若衆が、刀を二本差しにしたはったこと」

「ふむ」

「若衆は、下男でも小間使いでものうて、おサムライでしたんや」

「つまり、それが伊藤であったと」

「へえ——男衆はん、慌てて謝らはりましたで」

「そうやろな」

「せやけど、下男とちゃうんやったら、登楼《あが》ればええのに」

「伊藤はんは言いはった。わしはここでよい。桂先生を賊から守るために見張るのだ、て。池田屋事件のとき、志士はみな二階にいた。そのためにあの惨劇が起きた。わしは玄関におる、て」

「ふむ」

「まあ立派なこと、て、うちはお駄賃をあげようとしました。したら、子どもみたいな顔を突き出さはって、こう言いはったわ。若輩とはいえ志士たるものおなごの施しは受けぬ。そのうえ、こうも言いはったわ。おぬし、美しいの。今度わしの敵娼《あいかた》にしてやるぞ、て」

「ほう……」

「笑ったわ――」

静かな松茂登の言葉に、精次郎は惹き込まれた。

そういえば、長州といえば敵方というばかりで、乱暴な反乱者という印象しかなかった。このような生々しい長州志士の姿を聞くのは初めてだった。

「冗談やろ、と思ていたら、ほんまに三日後、お座敷に呼ばれましてん。お店は吉田屋はんのような一流どこやなかったけど、まあきちんとしたお座敷でしてん。相変わらず童顔やったけど、今度はちゃんと洗《あろ》た着物を着て、小ざっぱりしてちゃんとしたおサムライでいはりました」

「――」

「おぬし、美しいな。酌をせよ、て、精いっぱい胸を張って言いはる。おかしゅうてなあ。笑てん。そしたら、あのひと、怒りはりましてな。皇国の明日を担う有望なる志士に向かって何事かと。せやから言うてあげましてん。うちは芸妓やさかい、金を積まれたら抱かれもしますけど、志士ともあろうかたがそれでええんですかってな」

「おまえもたいしたもんやな」

「そしたら、伊藤はん、笑わはってな。それはそうだ、志士たるもの無粋な無理強いはできぬと。その日は、楽しい夜になりました」

「ふむ」

「こうして伊藤はんと馴染みになりました。ほんで伊藤はんは、誰よりも芸が上手やった。国元の松下村塾《しょうかそんじゅく》とかいうとこで、十二の年から酒と芸を仕込まれはったそうや」

「松下村塾……」

「なんや、精次郎はん、知ったはるんか？」

「長州過激派の巣窟よ。蛇の穴のようなところだ」

「そうなんでっか？　いろいろ聞いてはおますけどそないなことはわかりまへん。すんまへん」

「いや、そら知らんやろ。わしも新撰組に入るまで知らんかったわ」

「せやけど、そないなとこやったんかいな？　うちには、萩のお座敷料亭みたいな印象どすけど」

「アホかい」

「でも、うちが伊藤はんや桂先生から聞いとった塾の話は、酒と、芸と、下関芸者のことばかりやったんどす……。あのときの宴会は凄かった、とか、土佐からなんとかという客人が来て二十升は呑んだ、とか」

「ふ、ふうむ……」

精次郎は唸った。

印象が違い過ぎる。

精次郎にとって松下村塾とは、天下の転覆を企む過激な暗殺者集団を生んだ危険思想の総本山である。

全員、暗〜い部屋で、鬼のような表情で、京都の焼き討ちやら何やら画策しているような印象であった。

「ともかくな、その松下村塾ちゅうところは、男たるもの一人一升呑むべし、一芸なくば退塾すべし、が法度《はっと》やそうな」

「むう」

「志士たるは、呑むときに他藩の志士に負けてはならぬ、酒はモノノフの鉄腸を慰む嗜《たしな》みでござる——笑てまいますな」

「長州らしい青臭さでは、ある」

「塾に高杉《たかすぎ》先生いうかたがいはってな、三味線弾きながら唄って、唄いながら途切れることのう呑む、いう芸の達人やったらしいんどす」

「それが芸かいな？」

「いや、それが、ずーっと都都逸《どどいつ》やら戯《ざ》れ歌やらを唄っているのに、気が付くと酒が一升ちゃんとカラになっている……。あれはどうなっておるのか、いまだにわからないと伊藤はんは言ってはった」

新撰組では、悪の巨魁《きょかい》とされていた故・高杉晋作《しんさく》。

まさか、そんな芸の持ち主であるとは。

「高杉先生以外にも、久坂《くさか》はんちゅう豪傑は、芸者を碁盤の上に乗せて回すんやて。他にも、剣舞ていうて剣を抜いて詩吟を唸るとか、腹踊りに尻踊り……ともかく長州の志士はみな、芸達者」

「な、なんか調子狂うわ……」

「その中で伊藤はんは、物まねの上手――」

「物まね」

「毛利の殿様から、高杉先生、桂先生、坂本龍馬はん、なんでもやらはります」

「坂本龍馬かぁ」

「誰や、それ」

「土佐の海賊や。見たことはないけどな」

「うちもないんどすが、伊藤はんの物まねがおかしすぎて、おかしすぎて、きっと、会《お》うたらすぐわかったと思います」

「これまた調子狂う話やな」

「へえ。それだけやのうて、下足番のまね、呑み屋のオヤジのまね、水菓子屋のまね、魚屋のまね、なんでもかんでも上手で、毎度、会うたびに大爆笑やったわ……。桂先生と幾松姐さんの言い争いのまねはお座敷に転がって笑いましてん」

「……おぬしの憑依芸はそこからきとるんやな」

「いえ……」

松茂登は目をふせる。

「うちも、昔から物まねは得意どした。うちが気づいたんは、伊藤はんが物まねが得意になった理由――うちと同じやった」

「どういうことや」

「つまり、うちも、伊藤はんも、貧しい家の出で、早くから世に出て石ころみたいに育ったいうことどす」

「ふむ」

「あのかたは萩の城下町、松下村塾いう私塾でいちばん下っ端やった。うちは十の年から花街に来て、いちばん下っ端から修業を始めた。物まねが得意になるんは、下っ端が柱の陰から世間ゆうもんを、じっと見つめとったからどす」

「…………」

「下からじいっと見とったたから、何がおかしいんか、ようわかるんどす。うちらは、似たもん同士やった」

文枝は、腕を組んで話を聞いていたが、

「――その伊藤ちゅうんは、今はどうしてるんや？」

ふと、顔を上げて聞いた。

「わかりまへん」

「ふむ」

「うち、捨てられてん」

「そらわからんで」

「慰めはやめとくれやす。うちは所詮芸妓や。伊藤はんは、この国の未来を背負うおかたどす。いつか、ほんまに、そうなるかもしれへん。そもそもが釣りあいまへんわ」

「――――」

「一度、手紙をもろたことがあるんどす。その手紙には、こう書いてありました。異国へ行く、て」

「異国……」

文枝は口をあんぐり、とあけた。

長州藩は失脚してもう三年にもなる。

京に誰ひとり長州人はいなくなったというのに、外国にまで藩士を送っているというのか。

長州の底力を改めて見せつけられた思いだ。

「そんなわけどすし、もう生きたはるんか、死んだはるんか、わかりまへん」

「――――」

「最初は、なんかの役に立つか思《おも》て、一生懸命手紙を書いとりました。せやけど、返事はその一度きり。いつのまにか繋ぎは切れました」

「ううむ」

「万が一生きてはったとしても、ココロザシいうのに忙して、芸妓なんて忘れたはります。男はんはそんなもん。そもそも伊藤はんは、おモテになりはりましたしな。子どもみたいな顔してるくせに」

こう話す松茂登は、さばさばと明るい。

「わかった」

唸るように、文枝は言う。

「心配すな。あんたはんのように、居場所がないもんのために、わしら芸人がおるんや。サムライどもが上ばっかりを向いて突き進んでいくんが仕事やったら、下向いて笑い飛ばすんが、わしら芸人の仕事や。そうやないかい」

文枝は、力強くそう言い、精次郎のほうを向いた。

「精次郎はん。その伊藤とやらが過激派やろうが、このご婦人の旦那やろうが、寄席には寄席の掟がある。そのことを忘れたらあきまへんで。今後、この秘密をもらすようなことがあったら、わしが許さんで——」

「承知」

精次郎は、即座に言った。

「見損なうな」

精次郎には、松茂登が芸にすがる気持ちが痛いほどにわかった。

おそらく、松茂登の芸がひとの喝采をうけるのはそのためだ。

痛い目にあい続け、つらい目にあい続けてきたから、芸がウケるのだ。

幸せな人間を、より幸せにするために芸があるのではなく、苦しい人間を幸せにするために、芸はある。

だから、痛みを知る者だけが、本当の芸をする。

捨てられた人間は、舞台に立つしかないんや。

「どないにしたかて、この大坂船場淡路町の幾夜亭におる間は、わしが親がわり、師匠や」

文枝は言った。

「あんたはんらは、それぞれ、さまざまなことがあって、今ここにおる。それはの、芸の神様がそうしたんや。高座には、神様がおる。神様は、行き場がないもの、苦しんでそこにたどり着いたもの、選ばれたものに、よろこびをもたらすもんや」

精次郎と松茂登は、肩をすくめてその話を聞いた。

文枝の声は落ち着いており、愛情に満ちていた。

「――と、ええ話はここまでや」

「へ？」

「とはいいながら、ただ飯を食わせるわけにはいかん」

「ほ？」

急に俗な顔になって文枝は言う。

「早よ稼いでもらわな」

「………」

「舞台に出てもらうしかないのう」

それはそれで、否も、応もない。

ふたりとも、大手を振って往来を歩けるような立場ではないのだ。

「さっき言ったように、わしは、あんたらを桂ダウンタウンちゅう〈コンビ〉で売り出すことに決めとる」

「こ、こんび？」

「えげれす語で、二人組っちゅうこっちゃ」

「なんやねん、そりゃ」

「ええかげん、えげれす語はやめとくれやす」

「で、万歳をやってもらうことを決めたはええけど……万歳ではやっぱり門付けの印象やな。下品やし世間の印象がようないわ。そこで、片仮名で、マンザイ、ちゅうのはどうや？」

「どうやもなにも」

「ま、黙っとき。わしは笑いの世界やと玄人や。このほうが必ずうまくいく」

「ほんまかいな」

「うるさい、明日から、ふたりは、マンザイ・コンビのダウンタウンや！」

文枝は興奮して、鼻息も荒く、なぜか上のほうを見つめている。

「新しい！　新しいのお。ウケるで～」

文枝は嬉しそうだ。

精次郎は松茂登の耳元に口を寄せて、小声で聞いた。

「ま、松茂登はん、どう思う？」

「覚えられまへん。舌嚙みそうどす」

「わしもや――」

「師匠のえげれす語狂いも、ええ加減にしてほしいどすな」

「もう、言われるがままや」

「ガキの使いやあらへんで……」

ふたりはひそひそと、そんなことを話した。


翌日から、ふたりは、舞台に立つことになった。

「ただ飯食うなや。一日も早よ稼ぎなはれ」

それはわかるが、まだ〈宇治の柴舟〉は覚えていない。

しかたない。

ネタは、それぞれが京都でやっていたものを交互にやるだけだ。

ただ、松茂登は烏帽子をかぶり、精次郎は大黒頭巾をかぶっている。烏帽子と大黒頭巾は、伝統的な万歳の衣裳である。

また、ネタのシメには、必ず決まり文句を言った。

――まことに目出《めで》とう候《そうら》いける
――オヤ万歳
――へへ万歳

これも、伝統的な万歳の決まり文句である。

門付けの場合は、この言葉をしおに、ココロヅケをもらう。

寄席の場合は、この言葉をしおに引き太鼓を打ってもらい、ふたりは舞台からはけていくことにした。

芸自体は、好評であった。

松茂登のお座敷憑依芸。

精次郎の神楽芸。

毬を投げて、籠で受けとる。

傘で扇子を回して見せる。

剽げた男の踊りと、芸妓のあわせ踊り。

主役の大夫が女であることも珍しかった。

初日からしばらく。

午前と午後と、何度も舞台に立ったが、寄席の半分を埋める客には、そこそこウケていた。

そして、精次郎は内心、はじめての大坂の舞台に、すっかりのぼせあがっていた。

（ああ、これか）

そう思った。

文枝や松茂登が魅入られている舞台の魔力というものは、これだったのか――。精次郎は、改めて、人前に立って人を笑わすという麻薬のような経験に、恍惚としていた。

笑う人の表情。

なんと嬉しいものか。

改めて人間は、怒鳴られたり叱られたりすれば悲しく、笑ったり笑わせたりすれば楽しい、それだけの生き物なのだな、と思った。

ひとはきっと、笑うために生まれてくるのだ。

（舞台は、魔物やな……）

そのとおりであった。

魅力的このうえない、魔物であった。

そしてふたりは、高座がハネると毎日、長屋に戻って〈宇治の柴舟〉を稽古した。

文枝が作ってくれた台本を読み込み、間を整える。

そもそも文枝の台本からして、元の落語をだいぶ変えてある。落語とマンザイでは体裁も違う。そこには創意が必要であった。

少しずつ、試行錯誤を繰り返しながら、桂ダウンタウンとして初めてのネタができあがっていく。

ふたりは所詮、新撰組にいた荒くれ者と、芸妓あがりの女芸人である。

師匠について基礎を仕込まれたわけではない。

どこか細部が粗い素人芸になっていることは、ふたりが一番わかっていた。

「芸は、細部が命。丁寧に台本をさらうんや」

「登場人物の、気持ちにならなあきまへん」

「最後は、二役をやらなあかんのやな……。切り替えが難しい」

「元の落語では、熊《くま》の役は男でんな。ここの人物はうちらで作らなあきまへんえ」

ふたりは励まし合いながら、稽古に明け暮れた。

開け放した長屋の窓からは、堀の水面が見える。

夕方になると、汐のかおりが匂い立った。

その中で、ふたりは必死で稽古をした。

稽古しているうちに、ふたりの息はぴたりと合い始め、ほのかな信頼関係が生まれてくるのを感じた。

ふと見た松茂登の横顔の、引き締まった顎の輪郭を見たとき。
精次郎は天にも昇るような気持ちになった。
整った鼻から顎への曲線が。
太陽の光に揺れる産毛が。
（どうしたら、こないな造作になるんや——）
松茂登の匂いを、精次郎は、胸いっぱいに吸い込んだ。

そして。
このわずかな間に、ふたりの〈マンザイ〉は、大坂の好事家《こうずか》の間で、話題となった。
船場の幾夜亭に、見たこともない新しい芸をする二人組がいる。
大夫役の女は、驚くべき美貌の持ち主。
才蔵役のワキは、鍛え上げられた鋼のような体をした、目つきの鋭い怪しげな男。
このふたりが、客をいじり、大神楽、形態模写などを軽妙に演じる。ときに突っ込み合い、シバき合う。

「オモロいで――」

「立って噺をやる、ちゅうのも斬新やな」

「話芸は、座ってやるんが普通やろ」

「芝居と話芸の中間や」

「いっぺん、見とかなあかん」

「どうやら文枝の弟子らしい。また新しいことを仕掛けとるな、文枝は」

あっという間に、大坂中の寄席に、ダウンタウンの名前が知れ渡る。

その評判になる早さに、精次郎は驚いた。

この混乱する世の中にあって、この巨大な大坂という都市に、寄席に通い続けるような趣味人が隠れ住んでいる。

そのことも驚きだった。

彼らは金もあり、余裕もあった。

（どうなっておるんや？）

改めてこの世界の不可思議さに、瞠目する思いだった。

政《まつりごと》がどうなろうと、したたかに生きる町人たちがいる。

そこに、この国の、そして大坂の、底知れぬ力を感じた。

名誉と義務にがんじがらめにされたサムライの世界と違って、町人の世界はなんでもありであるように思える。

（なんでもありだからこそ、何かしっかりと芸を創らにゃ）

これが精次郎の思いだった。

〈宇治の柴舟〉はだんだんと完成に近づいていたが、まだ舞台に出すに至っていない。

そんなある日。

師走の凍える日の夜――。

ふたりが起居していた楽屋裏手の古ぼけた長屋に、文枝の弟子のひとりが飛び込んできた。

「た、大変や。三日ほど前、京の内裏《だいり》で、天子様が王政復古の詔《みことのり》を出されはった」

「なんやて？」

「どういう意味や」

「わけわからん」

きょとんとする精次郎と仲間たちに、弟子は続けた。

「大樹公徳川慶喜《とくがわよしのぶ》が、将軍やのうなったんや。京都の守護職も所司代も、御役御免にならはったで」

「え」

不思議だった。

とっくにあきらめたサムライの世界の話であったのに、精次郎は自分でも驚くほどの衝撃をうけた。

ぐらり、と天井がまわるような錯覚がして、床に手をつく。

そして、叫ぶように聞いた。

「し、新撰組はどうなったんや」

「知らんわ。しかし、普通に考えれば解散やろ。京都守護職ものうなったんやから」

「新撰組が、解散――?」

目の前が真っ暗になった。

近藤先生はどうしたのだろう?

土方先生は、沖田先生は、永倉先生は……そして、井上先生はどうされたのであろうか?

「そんなあほな」

精次郎は、真っ青になった。

その姿を見て。

松茂登は、

「どうなるんやろ。四条の河原亭は無事どすやろか。ともかく、文枝はんに会うがよろしおす」

と言った。

八　醒ヶ井団子屋おがわ　亭主・なつ

幾夜亭にいた噺家たちは、文枝を捜したが、なかなか見つからなかった。

そもそも遊び人の文枝は、どこで寝ているのかもわからない。

三年前に、文枝と出会った、廻船問屋の長屋の賭場にも人をやって確認したが、いなかった。

結局、文枝と会えたのは、二日後だった。

文枝は、場末の遊郭に流連《いつづけ》をしていたのだ。

「ふうむ」

文枝は話を聞くと、

「すぐに京に人をやって、調べさせよ。ふたりは動くんやないで」

と指示をした。

大坂の街を改めて見回すと、大変な騒ぎだった。

大八車に家財道具一切を積んで、逃げようとするもの。

反対に武具を持って京に上ろうとするもの。

いずれも、人々は、狂乱の中にあった。

その中にあって、松茂登は落ち着いていた。

女は、感じることが違うのだろうか。

「おまえは、長州びいきやさかい。思うところも違うんやろな」

すると、松茂登は言った。

「それはそれ、これはこれどす。長州はきっと、桂小五郎先生が軍勢を率いておのぼりはるやろ。幾松姐さんはそれに一蓮托生。伊藤はんがもし生きたはったらその中におるやろけど、まあ、死んだはってもおかしない……」

「む」

「それに、うちも、昔の男はんが覚えててくれはると夢見るほどの小娘ちゃいますし」

「――」

「精次郎はん、うちは今、うち自身の立つる道を考えなあきまへん。生きる糧をえて、生き延びなあきまへん」

松茂登の瞳は真っ黒に濡れている。

その瞳で、刺すように、精次郎は見つめられた。

「うちらは今〈コンビ〉なんでっせ！」

「コンビ……」

「ひとつの船に乗って、芸人の世界に漕ぎ出そうとしとる、相方なんどすえ」

ふたりの目と目が、ぴたりと合った。

それと同時に、何か喜びのようなものが、心の奥底に湧いてくるのを感じる。

ふたりは、恋人や愛人ではない。

夫婦でもない。

ましてや、友や義兄弟というものでもない。

そのどれとも違うもの。

相方、であった。

そういう人間関係があるのだということは、新鮮な驚きである。

立場や、信ずるものが違っていても、相方になることができる。

お互いを理解し、受け入れて、助け合うことができる。

そして、ひとつの芸を、舞台の上で創りあげることだってできるのだ。

「うむ——そやな」

「お互いが、お互いの飯のタネ。生きるためのご灯明や。ほんなら、うちは今、あんたはんを助けんと、生き残れまへん」

数日間。

精次郎は落ち着かない日々を過ごした。

文枝が偵察に送ったという弟子はなかなか戻らず、情報がないままに大坂の町が混乱していく。

さすがに寄席も開店休業状態で、芸人たちは手持無沙汰に好き勝手なうわさ話をしている。

いわく、薩摩が大軍を率いて上京する。

東北雄藩が、会津の支援に乗り出すかもしれぬ。

江戸で戦が始まるのではないか。

そういった虚実明らかでないうわさ話だ。

そんなおり、船場幾夜亭に、街道筋の八千代亭《やちよてい》から使いが来た。

桂文枝弟子・播磨精次郎直胤殿ご来臨いただきたし、との言伝《ことづ》てである。

「なんのこっちゃ」

精次郎は首をひねりながら上着を羽織り、玄関先で履物の準備をする。

「八千代亭なら大きな寄席やなあ。うちらの名前も売れてきたさかい仕事の話かもしれまへん。女やいうて軽くみられたらシャクに障ります。うちもついていきますえ」

松茂登が横で、いそいそと下駄を出す。

「待て。松茂登はここにおれ」

「なんでどす」

「播磨精次郎直胤は、新撰組におけるわしの名乗りや。京での隊務で、どんな恨みを買っとるかわからん。何が起こるかわからんさかい、ここにおれ」

「あれ――」

松茂登は、大きな目をぱちくりさせる。

「あんたはん、恨みを買うほどの手柄、立ててはってたんどすか？　知らんかったわぁ――」

「なッ」

「そんなん、ますます心配やわ。あんたはん、割と世間知らずどすさかい」

「ア、アホぬかすなや！」

「そもそも精次郎はんば、頭巾姿の才蔵やで。才蔵は烏帽子の大夫の采配に従うもんや。大夫はこのうち。忘れんとっておくれやす」

「な、なんやねん、それ！」

「コンビのことは、うちが決めるいうことどす」

「お、男をコケにしおって、このアマ！」

ふたりは結局、わちゃわちゃ言い争いをしながら橋を北に渡り、街道沿いの八千代亭についた。

淀川にも近い、新興の寄席で、幾夜亭に比べれば安普請で殺風景だが、それでも立派な看板が並んでいる。

建物全体から、若い熱気が沸き立つような寄席だった。

ふたりが楽屋口に立つと、

「播磨様！」

部屋の暗闇の中から叫ぶ声があった。

「あぁっ」

精次郎も叫び声をあげた。

それは、醒ヶ井の団子屋おがわの娘なつであった。

後ろに、亭主とおかみもいた。

「無事やったか」

「よかった、会えたわ、会えたわ」

亭主は精次郎に駆け寄って、手を握り、打ち振るようにした。

「どうしたんや」

「逃げて来ましてん」

「もう、そんな状況か」

「戦は間違いないやろ」

「なんでここがわかった？」

「新撰組の小間使いはんに聞いたんや。播磨はんは、文枝師匠に拾われて大坂に下ったはずや、て。大坂のどこかの寄席にいるのやないかて」

「――なんと」

亭主と話す横で、なつが愛嬌のあるまん丸の瞳に、涙を浮かべている。

「なつ、大丈夫か？　どうしたんや？」

「播磨様」

「なんや」

「これ、見て」

驚いたことに、なつは、大金を持っていた。

豆粒のような二分金を袋いっぱいに入れて、腹巻に入れている。

「わしらも……」

「ああ、おかみさん、旦那はんも」

袋を三つにわけてそれぞれ腹巻に入れているのである。

「ど、どないしたんや、こないな大金！」

団子屋風情が持てる金ではない。

なつは奥歯をかみしめたような顔つきをして黙っている。

「危ないわい。早く懐深うにしまわんかい」

精次郎が慌てて押し返すと、なつは、わっと泣き出した。

「あのひとが、置いて行きはった。あのひとが、置いて行きはったんよ。ああああああああ」

話はこうであった。

なつと恋仲であった新撰組二番隊の佐々木粂太郎が、いきなり店にやってきて、これを置いて行ったという。

あわただしく、これをなつに託し、

「これから京は戦場になる。いますぐ荷物をまとめて、どこぞ親類のもとにでも逃げよ。この金を使え――」

と言って、足早に屯所に戻って行ったらしい。

新撰組はそのまま伏見に移動していき、行方は知らぬ。

なつは、泣きながら言った。

「こりゃ、佐々木様の、お命代や」

「なんやと」

「お命代なんやあああ」

泣きじゃくる娘を慰めながら、亭主が説明した。

「播磨はん。王政復古の大号令により、会津肥後守様は京都守護職でなくなりました。新撰組も解散どす。すぐにご公儀から解散命令が出たのやが、土方はんは承知しまへん。ほならせめて看板は下ろせと命じられたそうやが、土方はんは拒絶された。誠の隊旗も浅黄《あさぎ》の隊服もそのままに、京を脱出されはったんどす」

「う、むぅ……」

「そのとき新撰組は、もうおしまいだ、とばかりに屯所の金蔵をあけ、蓄えられていた軍資金を隊士全員に分け与えはった……お暇《いとま》の手当や」

「ううむ」

「佐々木はんは、そんな大事な金をなつに届けてくれはった。あのかたは、もう死ぬつもりや」

胸がつぶれるような話だった。

精次郎は、佐々木のふっくらした上品なうりざね顔を思い出した。

あいつ、死ぬのか。

なつと精次郎は、目に涙をいっぱいためて、見つめ合った。

「佐々木はんだけやない。お暇の手当をもらっても残った者はみな死ぬつもりや。金なんぞ、もういらん。みな、馴染みの女はんや世話になった人にばらまいて行った

──。こないなヒドい話がありまっかいな、播磨はん」

亭主は言った。

「新撰組は足掛け五年にわたって洛中の治安を命がけで守った警護隊や。それが一晩で賊軍になって、追われるみたいに京を出たんや」

「今、どこに？」

「南へ行ったが、そのあとはわからん」

「松平肥後守さまと一緒に違いない。近藤先生なら、必ずそうする」

精次郎は、つんのめるように、言った。

亭主は首をふる。

「近藤先生は敵方に狙撃されはって、不在どす。今の指揮は土方先生や」

「近藤先生が撃たれたやて？　お命は？」

「知らん。死んだとは聞きまへんけど」

精次郎は、いてもたってもいられない気持ちになった。

ちょっと前まで、生死を共にし、同じ夢を語り合っていた、新撰組の仲間たち。みんな精次郎と同じような年頃で同じような田舎の出の、貧乏な若者たちだ。

彼らは今、時代の風雲の中で、最後の戦いに挑もうとしている。

それなのに。

(わしは、いったい、何をやっとるんや?)

どうしようもない感情が、精次郎の四肢《しし》を満たしていく。

「みんな、義に殉じようとしとるというのに、わしだけがオメオメと、暖衣にくるまれとってええんか?」

精次郎が、ひとりごとのようにつぶやくと、亭主が叱りつけるように言った。

「なにを言うたはるんですか」

「え?」

「播磨はん。あんたはんの命、井上先生に助けてもらったお命やろ」

精次郎は瞠目した。

亭主は、きつくその目を見返した。

「なんや、あんたはん、なんもわかったはらへんのどすな」

「――――」

「……これを」

亭主は懐中から、同じ二分金の包みをひとつと、ごわごわの紙を取り出した。

「佐々木はんが店から帰ったあと、井上先生からのお使いが来はった。うちらの田舎が淡路やて知って、京を売るなら大坂に立ち寄るて思ってのことやろ」
粗紙を開く――。

播磨精次郎直胤殿
新撰組暇金
御納下サレ度候

走り書きなのか、かすれた急ぎ文字で、そう書いてある。

署名は、ない。

ないが、それは確かに、井上の手蹟であった。

「なッ」

精次郎は絶句した。

「なんや、これは」

自分は新撰組を追放された身である。

このようなものを受け取る資格など、ないはずだ。

「井上先生はときどき、団子屋に来て、播磨はんの行く末を気にかけたはった。元気でおるかのう、大坂に下ったと噂に聞いたが、生きておるのか、とな」

亭主は、言う。

「播磨はん、わからはりましたか？」

精次郎は、亭主の温顔にともる、大きなふたつの瞳を、じっと見返した。

そのとき、ぱちん、と頭の中で、つっかえ棒が取れたような感じがした。

「ああ」

精次郎は嘆息する。

「ああ、そうやったんか？」

精次郎は、頭をかかえた。

なぜあのとき、井上は、精次郎を殴ったのか。

何度も報告してあったひょっとこ踊りを見て、ことさら怒るような人ではあるまいに。

（そうだ――）

振り返れば、井上はいつも、精次郎たち新参の若者たちの将来を誰よりも気にかけていた。

新撰組で手柄をあげるとかあげないとか、出世するとかしないとか、そんな小さなことではない。ひとりひとりの若者が、自分が生まれた意味を、生きた証を、しっかり握りしめて死ねるように、その命を意味あるものであったと納得して死ねるように、そういう意味の将来を気にしていた。

行く末もわからず、なんの情熱も持たず、何者でもなく生きることほど悲しく虚しいことはない。

短い命でもかまわない。

ただ、自分がやるべきことをやることこそ、生きる意味ではないか。

「思い悩むな。やるべきことをやれ。信じるべきものを信じよ」

畢竟《ひっきょう》、それが井上の言葉であった。

(だがわしは、新撰組を、剣を、信じきれてはおらんやった。自分がやるべきことだという確信もなかった)

そして井上は、そんな精次郎を見ていた。

文久の昔に作った仲間内の掟に縛られ、時代の変化にまったく追いついていない新撰組という巨大組織。

そんなゆがんだ組織の中でもがく、ダメで不器用な若者を、井上源三郎は見ていたのだ。

「せやから――」

あのとき、井上は、大広間の隊士がいる前で自分を罵倒し、殴りつけ、追放した。新撰組の鉄の掟――局ヲ脱スルヲ許サズ。右ノ条ニ背キタルモノ切腹ヲ申シ付クベク候也。

あのやりかたでなければ、精次郎を、生きたまま新撰組から脱出させることは不可能だった。

そして、あの機会しかなかった。精次郎はすっかりサムライとしての自信をなくしていた。

考えれば、井上は、決して刀を抜かなかった。

鞘のまま、叩いた。

そしてその罪状を、周囲の若者たちに知らせるように、わかりやすく叫んだ。

「ああ。井上先生は、自分の責任で、わしを、お助けくださったんや……」

ひとりごとのように、精次郎がつぶやく。

「わからはったんどすな」

おがわの亭主は言った。

優しい、落ち着いた声だった。

「井上先生は、あんたはんを大事な組下と思たはった。居場所が変わっても組下は組下や」

「――――」

「新撰組が解散になるとき、自分が責任をもって面倒をみるべき組下はんには、この暇金を渡すべきと思ったんやろ」

「う」

「その中には、播磨はん、あんたも入ったはったんやで」

おがわの亭主の声はどこまでも低く、静かであった。

「せやから、佐々木はんからうちらの話を聞いたとき、井上先生はとっさにこの金をうちらに託すことを思いつかはったんやろ」

「新撰組で、わしは、何もやってへんのに……」

亭主に見つめられながら、精次郎は、呆然と、つぶやくように言う。

自分は、綺羅星のごとく輝く有名剣士の威光にあやかって、京都の町を右往左往していただけだ。

ただ迷い、さまよっていただけだ。

新撰組だったと、言うのもおこがましい。

「そうやない」

「ない？」

「カワラ版に載るような派手な仕事ばかりが、新撰組やあらへん。そうやろ？」

「――」

「幹部の世話も、お妾はんの家への炊き出しも、会津様へのお使いも、新撰組や」

「――」

「どんな境遇にあっても、どんな仕事を任されても、正面から取り組んで、逃げへんかったやろ。苦しくても、つらくても、頑張ったんやろ」

「う……」

「胸を張り。あんたはんには、立派に暇金をもらう資格があるんどす」

亭主は精次郎の目を、しっかりと見つめる。

その目は、苦労を知る人の目であった。

陽の当たらぬ場所での仕事の意味を知り尽くした、優しい、深い色の目であった。

「新撰組は解散になった。金を配ったいうことは、お疲れはんいうことや。井上先生もそのつもりや。それでいい。ケジメやさかい、ありがたく受け取っときなはれ」

精次郎は呆けたように、思った。

(井上先生には、わしに見えないもんが、見えとった……)

あの嵐の日。

雨に打たれ岩倉卿の屋敷を見張りながら、井上は精次郎にこう言った。

「およそ男子の仕事とは、やりたいことをやることではない。やるべきことをやることだ。誰にも、やるべきことがある。わしにもまた、やるべきことがある」

その意味がようやくわかった。

井上は、自分の責任だけを、最後まで全うしようとした。

誰知らずとも、自分の心に誠実であろうとした。

正しいか正しくないかではなく、自分の心に決めた、やるべきことを、やりきろうとした。

男が、本当に強いというのは、そういうことではないのか。

本物の男の生き方というのは、そういうものではあるまいか。

剣士として派手な成功をして、皆から称賛されるだけが男の人生ではない。誰知らずともやるべきことをやることこそ、男の生き方ではあるまいか。

「――ああ」

精次郎は嘆息した。

自分はまだ、あのひとの組下だったのだ。

亭主は釘を打ちこむように、精次郎の顔をにらんだ。

「ええでっか、播磨はん。あんたはんの命、井上先生に、救われたんでっせ。どんな道でもかまわへん。誰に何と言われようとかまわへん。やり抜かなァ」

精次郎は思わず、手を合わせた。

ひとりで生きているようで、ひとりではない。

孤独なようで、孤独ではない。

ひとには、天に与えられた生き方がある。

しかしまた、天がなんといおうと、ひとにはひとのやるべきこともある。

「播磨はん。確かに渡しましたで」

亭主は言った。

渡された五十両の二分金。

ずっしりと重い。

（——わしの役割は終わりじゃ。貴様は貴様の生きるべき人生を、しっかりと生きよ）

そんな井上の餞別の声が、聞こえたような気がする。

その重みが精次郎の心をぎゅうっと締め付けた。

夕方。

精次郎と松茂登は、おがわ一行と八千代亭で別れ、とぼとぼと、街道沿いから船場の幾夜亭まで歩いて帰った。

途中、いくつもの橋を渡る。

その後姿を、松茂登は、何も言わず、ただ、見つめていた。

何度目かの小さな橋の上で、やさしく、肩を抱き、

「精次郎はん……帰ったら稽古しまひょ」

と言った。

その夜。

ふたりは、また〈宇治の柴舟〉をさらった。

幾夜亭の長屋。

堀の川面には、まっしろな月が浮かんでいる。

精次郎は、笑顔で諧謔のセリフを語りながら、男泣きに、泣いた。

(く〜)

そして、そのまま。

動けなくなった。

たった今、砲弾の中にいる仲間たちに。

自分を自由な世界に送り出してくれた人生の先輩に。

夢に。

志に。

自分のこれまでの道程に。

松茂登は、それを気にせず、バンバンと張り扇をつかって精次郎の頭にツッコミを入れた。

その痛みが、甘く、優しく、精次郎をボケさせた。

「アホかいな？」

「アホちゃいまんねん、パーでんねん〜」

ふたりは舌を出してホイのホイのホイと言いながら、踊った。

九　新撰組副長　土方歳三

〈おがわ〉一行が天保山《てんぽうざん》から船に乗って淡路に逃れた日、今度は、文枝が京にさしむけた弟子が戻ってきた。

それによると新撰組は、伏見の西、淀《よど》近辺に駐屯。

いっぽう、薩摩は五千の大軍で山崎《やまざき》の南の淀川沿いに駐屯しており、そこに土佐、十津川《とつかわ》の郷士が加わっている状況だった。

「こらあかんな。すぐにも戦いが始まりそうや」

文枝は言った。

さらに情報によれば、新撰組はいったん淀城に入り、そこに拠って薩摩に立ち向かおうとしたが、城を管理する稲葉長門守《いなばながとのかみ》がこれを拒否。やむなく入城せず、伏見奉行所の屋敷に引き戻った。しかしふたたび奉行所の稲葉軍旗をはばかり屋敷を出て川沿いに野営した。

その話を聞いて、精次郎は、髪の毛が逆立つほどに腹が立った。

稲葉長門守といえば、幕閣の中心、老中にして先の京都所司代である。

京都所司代は、京における幕府の領事機関。

京都守護職と並んで、京において徳川を代弁すべき政府閣僚である。

ひとたびことが起これば、京における軍事力を束ね、徳川の旗を堂々と立て、薩長軍を駆逐するべき立場なのだ。

その淀城主が、こともあろうに新撰組の入城を拒否し、せまりくる薩摩軍の目の前に放り出すとは何事か。

なんたる不誠実。むしろ新撰組とともに淀城に籠り、薩摩と対峙すべきであろう。

怒りのあまり、手が震える。

刀があれば、手に駆けだしているところだ。

しかし、手元にあるのは、籠と張り扇、拍子に見台であった。

そこで、精次郎は、張り扇で、見台をパパンがパンと叩いた。

怒りは収まらない。

改めて、パパンがパン！　と叩いた。

（誰が新撰組を殺そうちゅうんや――！）

怒りのあまり青筋がたっており、目には涙が浮かんでいる。

その横顔を見ていた松茂登は、言った。

「あんたはんが行きたいんどしたら、一緒に行きますえ」

精次郎が驚いて見返すと、松茂登は、氷のような美貌を、一寸も動かすことなく、こう言った。

「うちらはコンビやさかい」

その陶器のような顔。

覚悟の決まった、真っ黒な瞳。

「四年前、うちは、伊藤はんについて行かへんかった……。行かんと後悔するんやったら、行って後悔しなはれ」

「ま、松茂登……」

精次郎は、松茂登に手をひかれるように、幾夜亭を飛び出した。

ただふらふらと、大坂の碁盤の目のような町を北へ、街道にむかって橋を渡っていく。
なんの眼目もない。
ただ、耐えきれず、飛び出してしまった。
(ああ、わしは——)
歩きながら、精次郎は思った。
(自分の青春に、決着をつけるために行くんやな)
今。
子供のころから信じてきたものが、崩壊しようとしている。
サムライの世界。
徳川の世界。
それだけではない。
芸人という新しい生き方。
(行かなあかん……)
なにも明確ではなかったけれど、精次郎はその思いだけで、歩いていく。
途中、街道沿いの八千代亭に寄り、松茂登の服を着替えさせた。

さすがに女づれで戦場に行くのは危険だ。

男装させる必要がある。

楽屋で男衆向けの羽織と綿入れを借り、手拭いで頭を隠す。

冬の大坂町人の姿になったが、元が、鋭い目つきで口元引き締まりたる女である。

におい立つような美青年になった。

この不思議な美青年――手に刀を持たず、大神楽の籠と毬と、そしてひょっとこの面を背負っている。

ふたりは、伏見へと向かった。


誰もいない、早朝の京街道。

ふたりは、白い息を吐きながら上っていった。

冬の寒さに、川面から霧があがり、一面もやがかかったようだ。

そんな中を、遠くから、どおん、どおん、という大砲の音。

わああぁ、という突貫の声がする。

もう、戦闘が始まっているのだろうか。

文枝の弟子の話では、現在、指揮は、副長土方歳三。

沖田総司は病気のため後方へ撤退。

実働部隊は、二番隊長の永倉新八と、三番隊長の山口二郎の指揮だという。

幕府の命令で新撰組は解散させられ、新遊撃隊となったらしい。が、あの意地っ張りの土方歳三のことだ。将軍や幕閣に逆らってでも、そんな格好の悪い名前に変えたりはしないだろう。意地でも会津公に認められた新撰組の旗印をあげているはずだ。

言わずと知れた、羅紗に〈誠〉と染め抜いた正旗の一旒《りゅう》である。

「誠、や。誠の旗を探すんや」

淀川の土手を、走るように歩きながら、精次郎は叫んだ。

「承知」

てぬぐいを被った松茂登は、小さく返した。

ふたりは遠くに戦闘の鬨の声を聞きながら、しかし、慎重に戦場に近づいた。

やがて山崎の、ぐっと山が谷にせり出したあたりに来ると、朝もやの中に、一隊が休むのが見えた。

何百人いるだろう。

巨大な軍隊だ。

格好がおかしい。

西洋式のダンブクロに、そろいの四角い帽子のようなものをかぶり、鉄砲を担いでいる。

将校は兜にシャグマだ。

(なんや、あれは?)

目を凝らす。

旗印は、丸に十文字——薩摩だ。

薩摩が京に向かう街道沿いを、大軍で占拠している。

兵の顔は厳しく引き締まり、精気に満ちている。

勝っている軍の顔だ。

(大丈夫やろか)

ますます新撰組が心配になる。

二刻も、戦場を遠くに近くに村を歩き回り、やがてふたりは田圃道を大きく南に迂回して、伏見の西、幕府方の陣の近くに出た。

そしてついに、戦場の村に残っていた農夫から、千両松《せんりょうまつ》近辺の西京寺《さいきょうじ》という寺に、誠の旗印が立っているという話を聞きこんだ。

ふたりは、慎重に、その寺に近づいた。

冬枯れの雑木林沿いに伽藍《がらん》をのぞくと、燦然《さんぜん》と誠の旗がひるがえっている。

「新撰組や」

「ほんまや」

「やっぱり、まだ誠の旗はおろしてへんな」

朝もやが消えたが、冬のきつい寒さが残る中、ふたりは寺に近づく。

誰もいない。

意を決して、門の中に入ってみる。

なぜか、門番はいなかった。

そのかわり、中庭いっぱいに、刀折れ、力尽きた兵士たちが、あちらこちらに固まって座っていた。言葉も発さず、目ばかりをぎらぎらさせ、体を寄せ合って暖をとっている。

誰もいなかったわけではない。

みな、戦の疲れで精根尽き果てていたのである。

精次郎はその中をまっすぐに進む。

男装の松茂登が続く。

血まみれの隊士たちは、ふたりを見ると、わずかに顔を向けたが、声を出すだけの力は残っていないようだった。

折れた刀、ぼろぼろの槍――。

どのような戦闘があったのか、容易に想像がつく。

すると、中庭の奥から、意気軒昂なカン高い声が聞こえた。

幹部たちが集まって、大声で議論しているのだ。

声を頼りに進むと、寺の奥の座敷の縁側が開け放たれており、その奥に床几を据えて、土方歳三が堂々と座っている。

陣羽織に漆塗りの笠をかぶり、軍配をもっている。

元々、背が高く、目つきが鋭い、役者のような良い男だ。

そこらの旗本など、押しのけるほどの貫禄であった。

両脇を、永倉新八、原田左之助、山口二郎といった名だたるサムライたちが固めている。

傷ついた隊士たちとは対照的に、幹部たちは元気だった。

圧倒的な熱気である。

しかし、そこに、井上源三郎の姿はない。

ここでも井上は外されているのか？

（なめるのもええかげんにせえよ）

精次郎は、頭に血がのぼるのを止められなかった。

井上がいなければ、なにも出来ぬくせに。

おもわず、精次郎は足を踏み出す。

「なんだ、てめえ」

突然目の前にあらわれた二人の姿に、土方はぎょっとしたようだった。ぎょっとはしたが、敵兵でないことはわかったようだ。町人の格好をして、手には籠のようなものを持っている。

土方は、こと人間の顔と名前については、恐ろしいほどに記憶力のよい男であった。

一瞬精次郎の顔を見て考えたが、すぐにカン高い声で誰何《すいか》した。

「名乗れ！」

その声に精次郎は反射的に平伏する。

ここまでくれば、どうしようもない。

「元六番隊播磨精次郎。隊の危急を聞き、罷《まか》り越して候！」

あ、そうか、という顔を、土方はした。

土方は精次郎を睨みつけていたが、

「ここは、百姓が来るところじゃねえ。ましてや、四条河原亭の芸人が来るところでもねえぞ」

と吐き捨てた。

土方歳三は、精次郎が、どこの誰なのかを覚えていた。

そのことに驚きながら、精次郎は続けた。

「はっ。しかし、わが師、井上源三郎先生のお言葉を聞きとうございます」

精次郎は、顔を上げる。

目は爛々と光り、分厚い唇は不敵に引き締まっている。

「畏れながら、軍議の場に井上源三郎先生がおらんことが解せません。井上先生が軍議から外されとるとしたら無礼千万。不肖、この播磨精次郎直胤、井上先生こそわが命を賭するべきかたと思い候。井上先生の危急と存じ、先生のお役に立ちたく、罷り越しましてございます。お尋ね申す、井上先生はどこにおられます」

「失礼だぞ」

「無礼なのは貴様だ」

周囲にいた幹部たちが、叫ぶように言った。

しかし、精次郎は土方を睨み、視線を外そうとはしなかった。

「井上先生は、どこにおられます！」

土方歳三は、その眼を、じっと睨み返した。

まっすぐな、真っ黒な瞳だった。

どれほどそうしていただろうか。

やがて、吐き捨てるように、

「案内してやれい！」

と言って、背中を向けた。


土方付きの小姓に案内された寺奥の離れの大座敷には、六番隊の仲間たちが詰めていた。

見知った若者たちだ。

誰もが武装のまま。

その武装は、泥に汚れ、血に穢《けが》されている。

座敷の真中に莚《むしろ》が敷かれていた。

そしてそこに、井上源三郎の上背のある骨太な躰が横たわっていた。

血まみれで、目を閉じている。

ひと目で、それが、死骸であることがわかった。

「あ、あああ」

精次郎は、粗相をした子供のような声をあげ、駆け寄った。

精次郎に、生きる道を教えてくれたひとが、目の前で、死骸になっている。

額から耳に、大きな刀傷があり、その顔は傷つけられていたが、それが致命傷ではないようだった。

腹部に銃痕が大量にあり、穴だらけになっている。

鉄砲で狙撃されたのだ。

(剣の達人やった井上先生が、銃でやられるとは)

怒りに似た悲しみが、精次郎をつきあげた。

六番隊の元同志たちが、口々にさまざまな声を精次郎にかけたが、なにも聞こえなかった。
あとで考えれば、それは、罵声であった。
あ、播磨じゃねえか。
いまさら、なにをしに来やがった。
戦は終わっちまったぞ、この野郎。
井上先生に放擲《ほうてき》された身で、よくも今さら。
帰れ、お前が来るところじゃねえぞ。
あんなに目をかけていただいたというのに、今さら来るとは、ふてえ野郎だ。
しかし、精次郎にはそれは、どうでもいいことに思えた。
ただ井上の死骸の前に平伏した。
（先生──）
額を床につけてじっとしていると、さまざまな感情が、精次郎を襲った。
この感情はなんだろう。
怒り？
強いて言葉にするなら、それは怒りかもしれなかった。
井上が死んで、土方が、永倉が、原田が生きている。

なぜか。

理由は簡単だ。

井上が、現場から逃げなかったからだ。

有名剣士が、死に場所にあらずと部下に任せるような小さな現場からも、井上は逃げなかったのだろう。

幹部たちが去ったあとも、ひとに任せずその場に踏みとどまったに違いない。

部下がいるのなら、踏みとどまる。

だから、最初に死んだのだ。

(なんで——なんでや。なんで誠実にやりきろうとする男を神仏は救わへん？　なんで、現場を誰かに押し付けようとする思い上がりばかりを残すんや？)

精次郎の怒りは正当だった。

正当だったが、口に出しても理解されるたぐいのものではなかった。

だから、精次郎は、耳をすました。

隊士たちの罵声の中、ただひとり、天の声に耳をすました。

「…………………………」

どれぐらいそうしていただろうか。

精次郎が頭を上げると、後ろに控える男装の松茂登が、すっと、ひょっとこの面を手渡した。

そして、流れるように自然に、それをつけると、舞った。

ホイサの手つきに、尻からげ。

剽げた腰つきは熟練の域に達している。

絶妙な呼吸で、松茂登が繰り出す大神楽の籠――さっと受け取り、扇子を回し、毬をもてあそぶ。

くるくると。

いつもより、余計に回した。

「さて、松茂登はん」

「なんでっしゃろ、濱田はん」

「材木といいますと、大坂では西横堀《にしよこぼり》は二十四浜……」

精次郎は、無意識に〈宇治の柴舟〉をかけた。

すぐに、松茂登は、反応した。

大坂に住む材木問屋の若旦那が、絵に描かれた美女に惚れて、恋患いの床につく。

その美女をさがして、使用人とふたり宇治まで出かける珍道中。

そこでついに若旦那は、絵の中の美女とそっくりな女を見つける。

「あ、あんた、あの絵に出てきた」

「なんどすねん、知らんわ、オッサン」

「オ、オッサンやないで。お兄さんやで。こんな可愛いオッサンおるかいな」

「知りまへんがな」

ふたりは、絶妙の間で、会話を続ける。

ぷっと、六番隊の隊士のひとりが、噴き出した。

若旦那は、美女を口説こうと必死になる。

「どおか、姐はん。あたしの想いを汲んでくだされ」

「知りまへん、あんたはんなど、知りまへん」

宇治の港の、舟の上。

美女は、必死で抵抗する。

若旦那は、それでも美女にすがりつく。

不安定な舟の上、ふたりはよろけて、左へ、右へ。

そしてついに、若旦那は、美女にはねつけられて、渦巻く川に呑まれていく。

「おおおお。あああ。あーれー」

「……あれ、まあ！」

ここで、精次郎は声音を変える。

「――はっ。夢やったんやな。すべては夢や……。ああ、よかったわ」

「よかったどすなぁ。浮世はすべて夢みたいなもの。夢みたいなもんどすわ……」

一通り、無心の芸を終える。

場所は、伏見。

目の前には、井上源三郎の死骸。

そのまわりには、苦楽を共にした六番隊の隊士たちが、取り囲むように座っている。

異様な静けさが、ふたりを包んでいた。

「……ええ、さて。宇治の、柴舟というお話でございました……」

精次郎は、静かに、言った。

「オヤ万歳」

すると松茂登が答えた。

「へへ万歳」

何が、万歳なものか――。

誰かが、ふたりに斬りかかろうとするのが見えた。
別の誰かが、それを止めた。
精次郎は、ぴたりとそこに正座すると、頭を下げた。
「井上先生、ありがとうございました」
涙は、出ない。
今はただ、決意のみがある。
過去を、捨てるのだ。
今こそ、すべて捨て去ろう。
自分は、新しき世を生きるのだ。
井上から受け取った宝を胸に、生きるのだ。
「あなたにいただきしこの命。尽きるまで、芸道に邁進《まいしん》せんことを、ここに誓います」
何かを信じよ。
井上は、それを教えてくれた。
剣かもしれぬ。
芸かもしれぬ。

どちらでもいいではないか。
心から信じられるものがある。
それこそが、生きることにとって大事であることに変わりはない。
ひとは、生きる。
生き延びねばならぬ。
生きるために、信じるのだ。
自分を、信じるのだ。
啞然とする隊士たちの中を精次郎は、ひょっとこの面をつけ、悠然と、去った。

十　桂ダウンタウン　松茂登・濱田

精次郎と松茂登は、裏街道を、寄り添うように下っていく。

もう戦闘も始まっており、裏街道に人は少なかった。

道の両側に、冬枯れの芒《すすき》がひろがっている。

精次郎は言った。

「松茂登――わしはもう、マツリゴトなど問わんぞ。身の出世も手柄もいらん。ただ自分らしく、自分の道を生き抜く。この戦が終わって、まったく知らん世の中が来ても、どんなに世界が流転し変化しようとも、わしは、わしとして生きる」

松茂登は真っ黒な目を、ぴたりと精次郎に向けて、聞いた。

「その道が、けったいなマンザイ道でも？」

「うむ」

「もしかして、ひょっとこ踊りの道でも？」

「いかにも！」

「ええかもしれまへんな」

松茂登は、唇をつん、ととがらせると、精次郎の手を、ぎゅっと握って笑った。

細い、清らかな指であったが、その肌はささくれ立って、荒れていた。だからこそ、信頼できると精次郎は思った。

（働くもんの指先は汚れ、荒れとるもんや。そうやない綺麗なだけの指先なんぞ信じられるものか——）

どこからか、逃げる人々がふたりを追い抜いていく。

京へと向かう、どこぞの軍勢とも、行き違った。

それでも、ふたりは、胸を張り、堂々と道を歩いていった。

大坂の町に入り、中之島《なかのしま》を渡る。

そこからさらに南へ、いくつも橋を渡り、船場の幾夜亭までたどり着く。

さすがに太鼓は聞こえなかったが、客寄せの華やかな幟が、風に揺れていた。

四代目桂文治、二代目笑福亭松鶴《しょうふくていしょうかく》、倭屋梅枝《やまとやばいし》、そして我らが桂文枝……大坂の演芸界を彩る大看板の派手やかな文字。

その様子を見て、精次郎と松茂登は、ほっとした表情になって、顔を見合わせた。

ここが、われらが生きる場所。

いつか、桂ダウンタウンの幟をここに立てよう。

大爆笑がこの町を包み、だれもが笑顔になる。

そうなったら、どんなにいいだろう。

ふたりは手をにぎり合って、お互いの顔を、じっと見つめ合っていた。

すると。

幾夜亭から桂文枝が、息せき切って飛び出してきた。

「精次郎はん！　松茂登はん！」

ひと目も気にせず、ふたりに抱きつき、手を握り、打ち振る。

「よう戻ってきはった！」

精次郎と松茂登は、びっくりして目をぱちぱちと瞬かせた。

「よかったわ。ああ無事や、無事や。ふたりとも、無事やで」

「し、師匠」

「なんちゅう無茶をしはるんか。あんたらは」

「――いやその」

「いつの間にかおらんなったさかい、聞いたら驚いた。ふたりで伏見へ行ったゆうやないか。伏見いうたら戦の真っ最中や！」

「――へえ」

「命が惜しないんかいな、まったく冗談やないで」

文枝がこんなに心配してくれるとは思わなかった。

「ふたりとも、わしの大事な弟子なんや。これから、わしの許可のうこないな無茶するんやないで。ええかいな」

「は、はあ」

「戦なんて、すぐ終わる。戦はそもそも、サムライはんの商売や。あいつらに任せといたらええんや。精次郎はん、あんた、いつまでもサムライ気分では困るで！」

ふたりは、顔を見合わせた。

「ええか、新しい世界が来るんやで。維新の夜明けや。その新しい世界で、新しい芸をやるんや」

文枝はヒラメづらに涙をうかべる。

「ふたりとも、その仲間なんや。命を大事にするんやで。人生、笑ってなんぼやさかいな」

井上源三郎だけではないな、と精次郎は思った。

よく考えれば、このケッタイな芸人にも救われた。

そう思うと、不思議なおかしみが湧いてきた。

いろんなことがあった。

斬り合いがあって、戦があって、別れがあった。

けれど、結局、イチビリに救われた。

生き馬の目を抜く乱世にあって、不真面目なことばかりを考えて生きているこの男に救われた——。

真面目な近藤勇が死んでも、不真面目な桂文枝は生き残る。

そんな気がする。

(サムライに、イチビリが勝った)

それがおかしい。

思わず、精次郎は、笑った。

ひきずられるように、松茂登も、笑った。

そんなふたりの様子に、文枝は、ぷっと膨れる。

「まぁ、あきれた。笑うところやないで……」

そして。

得意のえげれす語で、調子っぱずれに、こう言った。

「はまだー。まつもとー。アウト〜！」

【主な参考文献】

幕末明治見世物事典　吉川弘文館
図説　落語の歴史　河出書房新社
京都時代ＭＡＰ　幕末・維新編　光村推古書院
上方落語　流行唄の時代　和泉書院
初代桂文治ばなし　青蛙房

本書は二〇一八年一月、小社より単行本として刊行されました。

|著者| 吉森大祐　1968年東京都生まれ。慶應義塾大学文学部卒業。'93年国内電機メーカーに入社。2010年代半ばから働きながら小説を書き、'17年本作で小説現代長編新人賞を受賞。著書に『逃げろ、手志朗』『ぴりりと可楽！』『うかれ十郎兵衛』『うかれ堂騒動記 恋のかわら版』『青二才で候』『東京彰義伝』などがある。

幕末《ばくまつ》ダウンタウン

吉森大祐《よしもりだいすけ》

2023年３月15日第１刷発行

講談社文庫

定価はカバーに表示してあります

発行者――鈴木章一

発行所――株式会社　講談社

東京都文京区音羽2-12-21　〒112-8001

電話 出版 (03) 5395-3510

販売 (03) 5395-5817

業務 (03) 5395-3615

Printed in Japan

KODANSHA

デザイン―菊地信義

本文データ制作―講談社デジタル製作

印刷―――株式会社KPSプロダクツ

製本―――株式会社国宝社

ISBN978-4-06-530938-4

講談社文庫刊行の辞

二十一世紀の到来を目睫に望みながら、われわれはいま、人類史上かつて例を見ない巨大な転換期をむかえようとしている。

世界も、日本も、激動の予兆に対する期待とおののきを内に蔵して、未知の時代に歩み入ろうとしている。このときにあたり、創業の人野間清治の「ナショナル・エデュケイター」への志を現代に甦らせようと意図して、われわれはここに古今の文芸作品はいうまでもなく、ひろく人文・社会・自然の諸科学から東西の名著を網羅する、新しい綜合文庫の発刊を決意した。

激動の転換期はまた断絶の時代である。われわれは戦後二十五年間の出版文化のありかたへの深い反省をこめて、この断絶の時代にあえて人間的な持続を求めようとする。いたずらに浮薄な商業主義のあだ花を追い求めることなく、長期にわたって良書に生命をあたえようとつとめるところにしか、今後の出版文化の真の繁栄はあり得ないと信じるからである。

同時にわれわれはこの綜合文庫の刊行を通じて、人文・社会・自然の諸科学が、結局人間の学にほかならないことを立証しようと願っている。かつて知識とは、「汝自身を知る」ことにつきていた。現代社会の瑣末な情報の氾濫のなかから、力強い知識の源泉を掘り起し、技術文明のただなかに、生きた人間の姿を復活させること。それこそわれわれの切なる希求である。

われわれは権威に盲従せず、俗流に媚びることなく、渾然一体となって日本の「草の根」をかたちづくる若く新しい世代の人々に、心をこめてこの新しい綜合文庫をおくり届けたい。それは知識の泉であるとともに感受性のふるさとであり、もっとも有機的に組織され、社会に開かれた万人のための大学をめざしている。大方の支援と協力を衷心より切望してやまない。

一九七一年七月

野間省一

講談社文庫　目録

芥川龍之介　藪の中
有吉佐和子　新装版 和宮様御留
阿刀田　高　ナポレオン狂
阿刀田　高　新装版 ブラック・ジョーク大全
安房直子　春の窓〈安房直子ファンタジー〉
相沢忠洋　「岩宿」の発見〈幻の旧石器を求めて〉
赤川次郎　偶像崇拝殺人事件
赤川次郎　人間消失殺人事件
赤川次郎　三姉妹探偵団
赤川次郎　三姉妹探偵団2〈キャンパス篇〉
赤川次郎　三姉妹探偵団3〈珠美・初恋篇〉
赤川次郎　三姉妹探偵団4〈怪奇篇〉
赤川次郎　三姉妹探偵団5〈復讐篇〉
赤川次郎　三姉妹探偵団6〈危機一髪篇〉
赤川次郎　三姉妹探偵団7〈駆け落ち篇〉
赤川次郎　三姉妹探偵団8〈人質篇〉
赤川次郎　三姉妹探偵団9〈青ひげ篇〉
赤川次郎　三姉妹探偵団10〈父恋し篇〉
赤川次郎　死が小径をやってくる〈三姉妹探偵団11〉

赤川次郎　死神のお気に入り〈三姉妹探偵団12〉
赤川次郎　次女と野獣〈三姉妹探偵団13〉
赤川次郎　心地よい悪夢〈三姉妹探偵団14〉
赤川次郎　ふるえて眠れ、三姉妹〈三姉妹探偵団15〉
赤川次郎　三姉妹、呪いの道行〈三姉妹探偵団16〉
赤川次郎　三姉妹、初めてのおつかい〈三姉妹探偵団17〉
赤川次郎　恋の花咲く三姉妹〈三姉妹探偵団18〉
赤川次郎　月もおぼろに三姉妹〈三姉妹探偵団19〉
赤川次郎　三姉妹、ふしぎな旅日記〈三姉妹探偵団20〉
赤川次郎　三姉妹、清く貧しく美しく〈三姉妹探偵団21〉
赤川次郎　三姉妹と忘れじの面影〈三姉妹探偵団22〉
赤川次郎　三姉妹、舞踏会への招待〈三姉妹探偵団23〉
赤川次郎　三人姉妹殺人事件〈三姉妹探偵団24〉
赤川次郎　三姉妹、さびしい入江の歌〈三姉妹探偵団25〉
赤川次郎　三姉妹、恋と罪の峡谷〈三姉妹探偵団26〉
赤川次郎　静かな町の夕暮に
赤川次郎　キネマの天使〈レンズの奥の殺人者〉
新井素子　グリーン・レクイエム〈新装版〉
安能　務 訳　封神演義 全三冊

安西水丸　東京美女散歩
綾辻行人　殺人方程式〈切断された死体の問題〉
綾辻行人　鳴風荘事件 殺人方程式II
綾辻行人　十角館の殺人〈新装改訂版〉
綾辻行人　水車館の殺人〈新装改訂版〉
綾辻行人　迷路館の殺人〈新装改訂版〉
綾辻行人　人形館の殺人〈新装改訂版〉
綾辻行人　時計館の殺人〈新装改訂版〉
綾辻行人　黒猫館の殺人〈新装改訂版〉
綾辻行人　暗黒館の殺人 全四冊
綾辻行人　びっくり館の殺人
綾辻行人　奇面館の殺人(上)(下)
綾辻行人　どんどん橋、落ちた〈新装改訂版〉
綾辻行人　緋色の囁き〈新装改訂版〉
綾辻行人　暗闇の囁き〈新装改訂版〉
綾辻行人　黄昏の囁き〈新装改訂版〉
綾辻行人　人間じゃない〈完全版〉
綾辻行人ほか　7人の名探偵
我孫子武丸　探偵映画

講談社文庫　目録

我孫子武丸　新装版8の殺人
我孫子武丸　眠り姫とバンパイア
我孫子武丸　狼と兎のゲーム
我孫子武丸　新装版殺戮にいたる病
有栖川有栖　ロシア紅茶の謎
有栖川有栖　スウェーデン館の謎
有栖川有栖　ブラジル蝶の謎
有栖川有栖　英国庭園の謎
有栖川有栖　ペルシャ猫の謎
有栖川有栖　幻想運河
有栖川有栖　マレー鉄道の謎
有栖川有栖　スイス時計の謎
有栖川有栖　モロッコ水晶の謎
有栖川有栖　インド倶楽部の謎
有栖川有栖　カナダ金貨の謎
有栖川有栖　新装版マジックミラー
有栖川有栖　新装版46番目の密室
有栖川有栖　虹果て村の秘密
有栖川有栖　闇の喇《らっ》叭《ぱ》

有栖川有栖　真夜中の探偵
有栖川有栖　論理爆弾
有栖川有栖　名探偵傑作短篇集　火村英生篇
浅田次郎　勇気凜凜ルリの色
浅田次郎　霞町物語
浅田次郎　ひとは情熱がなければ生きていけない〈勇気凜凜ルリの色〉
浅田次郎　シェエラザード(上)(下)
浅田次郎　歩兵の本領
浅田次郎　蒼穹の昴　全四巻
浅田次郎　珍妃の井戸
浅田次郎　中原の虹　全四巻
浅田次郎　マンチュリアン・リポート
浅田次郎　天《てん》子《し》蒙《もう》塵《じん》　全四巻
浅田次郎　天国までの百マイル
浅田次郎　地下鉄《メトロ》に乗って〈新装版〉
浅田次郎　おもかげ
浅田次郎　日輪の遺産〈新装版〉
青木玉　小石川の家
天樹征丸　画・さとうふみや　金田一少年の事件簿　小説版〈オペラ座館・新たなる殺人〉

天樹征丸　画・さとうふみや　金田一少年の事件簿　小説版〈雷祭《いかずちまつり》殺人事件〉
阿部和重　アメリカの夜
阿部和重　グランド・フィナーレ
阿部和重　ABC〈阿部和重初期作品集〉
阿部和重　ミステリアスセッティング
阿部和重　IP/NN　阿部和重傑作集
阿部和重　シンセミア(上)(下)
阿部和重　ピストルズ(上)(下)
甘糟りり子　産む、産まない、産めない
甘糟りり子　産まなくても、産めなくても
赤井三尋　翳《かげ》りゆく夏
あさのあつこ　NO.6(ナンバーシックス)#1
あさのあつこ　NO.6(ナンバーシックス)#2
あさのあつこ　NO.6(ナンバーシックス)#3
あさのあつこ　NO.6(ナンバーシックス)#4
あさのあつこ　NO.6(ナンバーシックス)#5
あさのあつこ　NO.6(ナンバーシックス)#6
あさのあつこ　NO.6(ナンバーシックス)#7
あさのあつこ　NO.6(ナンバーシックス)#8

講談社文庫　目録

講談社文庫　目録

麻見和史　凪《なぎ》の残響〈警視庁殺人分析班〉
麻見和史　天空の鏡〈警視庁殺人分析班〉
麻見和史　深紅の断片〈警防課救命チーム〉
麻見和史　邪神の天秤〈警視庁公安分析班〉
麻見和史　偽神の審判〈警視庁公安分析班〉
有川　浩　三匹のおっさん
有川　浩　三匹のおっさん　ふたたび
有川　浩　ヒア・カムズ・ザ・サン
有川　浩　旅猫リポート
有川ひろ　アンマーとぼくら
有川ひろ ほか　ニャンニャンにゃんそろじー
荒崎一海　門前仲町〈九頭竜覚山　浮世綴(一)〉
荒崎一海　蓬莱橋雨景〈九頭竜覚山　浮世綴(二)〉
荒崎一海　寺町哀感〈九頭竜覚山　浮世綴(三)〉
荒崎一海　小《お》名《な》木《き》川《がわ》〈九頭竜覚山　浮世綴(四)〉
荒崎一海　一色町雪花〈九頭竜覚山　浮世綴(五)〉
朱野帰《かえ》子《こ》　駅物語
朱野帰子　対岸の家事
東　浩紀　一般意志2・0〈ルソー、フロイト、グーグル〉

朝倉宏景　白球アフロ
朝倉宏景　野球部ひとり
朝倉宏景　つよく結べ、ポニーテール
朝倉宏景　あめつちのうた
朝井リョウ　スペードの3
朝井リョウ　世にも奇妙な君物語
有沢ゆう希　末次由紀 原作　〈小説〉ちはやふる　上の句
有沢ゆう希　末次由紀 原作　〈小説〉ちはやふる　下の句
有沢ゆう希　末次由紀 原作　〈小説〉ちはやふる　結び
有沢ゆう希　小説　パーフェクトワールド〈君といる奇跡〉
有沢ゆう希　原作：金田一蓮十郎　脚本：徳永友一　小説　ライアー×ライアー
秋川滝美　幸《こう》腹《ふく》な百貨店
秋川滝美　幸腹な百貨店〈デパ地下おにぎり騒動〉
秋川滝美　幸腹な百貨店〈催事場で蕎麦屋呑み〉
秋川滝美　マチのお気楽料理教室
秋川滝美　ヒソップ亭〈湯けむり食事処〉
赤神　諒　神遊の城
赤神　諒　大友二階崩れ
赤神　諒　大友落月記

赤神　諒　酔象の流儀　朝倉盛衰記
赤神　諒　空《うつせ》貝《がい》〈村上水軍の神《しん》姫《き》〉
赤神　諒　立花三将伝
彩瀬まる　やがて海へと届く
浅生　鴨　伴走者
天野純希　有楽斎の戦
天野純希　雑《さい》賀《か》のいくさ姫《ひめ》
青木祐子　コーチ！〈はげまし屋・立花ことりのクライアントファイル〉
秋《あき》保《う》水《すい》菓《か》　コンビニなしでは生きられない
相沢沙呼　medium《メディウム》　霊媒探偵城塚翡翠《じょうづかひすい》
新井見枝香　本屋の新井
碧野　圭　凜として弓を引く
碧野　圭　凜として弓を引く〈青雲篇〉
赤松利市　東京棄民
五木寛之　ソフィアの秋
五木寛之　狼のブルース
五木寛之　海峡物語
五木寛之　風花のひと
五木寛之　鳥の歌(上)(下)

講談社文庫　目録

五木寛之　燃える秋
五木寛之　真夜中の望遠鏡〈流されゆく日々'78〉
五木寛之　ナホトカ青春航路〈流されゆく日々'79〉
五木寛之　旅の幻燈
五木寛之　他力
五木寛之　こころの天気図
五木寛之　新装版 恋歌
五木寛之　百寺巡礼 第一巻 奈良
五木寛之　百寺巡礼 第二巻 北陸
五木寛之　百寺巡礼 第三巻 京都Ⅰ
五木寛之　百寺巡礼 第四巻 滋賀・東海
五木寛之　百寺巡礼 第五巻 関東・信州
五木寛之　百寺巡礼 第六巻 関西
五木寛之　百寺巡礼 第七巻 東北
五木寛之　百寺巡礼 第八巻 山陰・山陽
五木寛之　百寺巡礼 第九巻 京都Ⅱ
五木寛之　百寺巡礼 第十巻 四国・九州
五木寛之　海外版 百寺巡礼 インド1
五木寛之　海外版 百寺巡礼 インド2

五木寛之　海外版 百寺巡礼 朝鮮半島
五木寛之　海外版 百寺巡礼 中国
五木寛之　海外版 百寺巡礼 ブータン
五木寛之　海外版 百寺巡礼 日本・アメリカ
五木寛之　青春の門 第七部 挑戦篇
五木寛之　青春の門 第八部 風雲篇
五木寛之　青春の門 第九部 漂流篇
五木寛之　親鸞 青春篇(上)(下)
五木寛之　親鸞 激動篇(上)(下)
五木寛之　親鸞 完結篇(上)(下)
五木寛之　五木寛之の金沢さんぽ
五木寛之　海を見ていたジョニー 新装版
井上ひさし　モッキンポット師の後始末
井上ひさし　ナイン
井上ひさし　四千万歩の男 全五冊
井上ひさし　四千万歩の男 忠敬の生き方
井上ひさし・司馬遼太郎　新装版 国家・宗教・日本人
池波正太郎　私の歳月
池波正太郎　よい匂いのする一夜

池波正太郎　梅安料理ごよみ
池波正太郎　わが家の夕めし
池波正太郎　新装版 緑のオリンピア
池波正太郎　新装版 殺しの四人〈仕掛人・藤枝梅安㈠〉
池波正太郎　新装版 梅安蟻地獄〈仕掛人・藤枝梅安㈡〉
池波正太郎　新装版 梅安最合傘〈仕掛人・藤枝梅安㈢〉
池波正太郎　新装版 梅安針供養〈仕掛人・藤枝梅安㈣〉
池波正太郎　新装版 梅安乱れ雲〈仕掛人・藤枝梅安㈤〉
池波正太郎　新装版 梅安影法師〈仕掛人・藤枝梅安㈥〉
池波正太郎　新装版 梅安冬時雨〈仕掛人・藤枝梅安㈦〉
池波正太郎　新装版 忍びの女(上)(下)
池波正太郎　新装版 殺しの掟
池波正太郎　新装版 抜討ち半九郎
池波正太郎　新装版 娼婦の眼
池波正太郎　近藤勇白書〈レジェンド歴史時代小説〉(上)(下)
井上靖　楊貴妃伝
石牟礼道子　新装版 苦《く》海《がい》浄《じょう》土《ど》〈わが水俣病〉
いわさきちひろ　ちひろのことば
いわさきちひろ・松本猛　いわさきちひろの絵と心

石田衣良 てのひらの迷路
石田衣良 40《フォーティ》 翼ふたたび
石田衣良 s e x
石田衣良 逆《さか》島《しま》断《たつ》雄《お》〈進駐官養成高校の決闘編1〉
石田衣良 逆島断雄〈進駐官養成高校の決闘編2〉
石田衣良 逆島断雄〈本土最終防衛決戦編1〉
石田衣良 逆島断雄〈本土最終防衛決戦編2〉
石田衣良 初めて彼を買った日
井上荒野 ひどい感じ―父・井上光晴
稲葉稔 椋鳥の影〈八丁堀手控え帖〉
伊坂幸太郎 チルドレン
伊坂幸太郎 魔王
伊坂幸太郎 モダンタイムス(上)(下)
伊坂幸太郎 P K
伊坂幸太郎 サブマリン
絲山秋子 袋小路の男
石黒耀 死都日本
石黒耀 忠臣蔵異聞〈家老 大野九郎兵衛の長い仇討ち〉
犬飼六岐 筋違い半介

犬飼六岐 吉岡清三郎貸腕帳
石川大我 ボクの彼氏はどこにいる?
石松宏章 マジでガチなボランティア
伊東潤 国を蹴った男
伊東潤 峠越え
伊東潤 黎明に起《た》つ
伊東潤 池田屋乱刃
石飛幸三 「平穏死」のすすめ〈口から食べられなくなったらどうしますか〉
伊藤理佐 女のはしょり道
伊藤理佐 また! 女のはしょり道
伊藤理佐 みたび! 女のはしょり道
石黒正数 外《げ》天《てん》楼《ろう》
伊与原新 ルカの方舟《はこぶね》
伊与原新 コンタミ 科学汚染
稲葉圭昭《よしあき》 恥さらし〈北海道警 悪徳刑事の告白〉
稲葉博一《ひろいち》 忍者烈伝
稲葉博一 忍者烈伝ノ続
稲葉博一 忍者烈伝ノ乱〈天之巻〉〈地之巻〉
伊岡瞬 桜の花が散る前に

石川智健 エウレカの確率〈経済学捜査と殺人の効用〉
石川智健 60《ロクジュウ》〈誤判対策室〉
石川智健 20《ニジュウ》〈誤判対策室〉
石川智健 第三者隠蔽機関
石川智健 いたずらにモテる刑事の捜査報告書
井上真偽《まぎ》 その可能性はすでに考えた
井上真偽 聖女の毒杯〈その可能性はすでに考えた〉
井上真偽 恋と禁忌の述語論理《プレディケット》
泉ゆたか お師匠さま、整いました!
泉ゆたか お江戸けもの医 毛玉堂
泉ゆたか 玉《たま》の輿《こし》猫〈お江戸けもの医 毛玉堂〉
伊兼源太郎 地検のS
伊兼源太郎 Sが泣いた日〈地検のS〉
伊兼源太郎 Sの幕引き〈地検のS〉
伊兼源太郎 巨悪
伊兼源太郎 金庫番の娘
逸木裕 電気じかけのクジラは歌う
今村翔吾 イクサガミ 天
入月英一 信長と征《ゆ》く 1・2〈転生商人の天下取り〉

講談社文庫　目録

磯田道史　歴史とは靴である
石原慎太郎　湘南夫人
井戸川射子　ここはとても速い川
内田康夫　シーラカンス殺人事件
内田康夫　パソコン探偵の名推理
内田康夫　「横山大観」殺人事件
内田康夫　江田島殺人事件
内田康夫　琵琶湖周航殺人歌
内田康夫　夏泊殺人岬
内田康夫　「信濃の国」殺人事件
内田康夫　風葬の城
内田康夫　透明な遺書
内田康夫　鞆《とも》の浦《うら》殺人事件
内田康夫　終幕《フィナーレ》のない殺人
内田康夫　御堂筋殺人事件
内田康夫　記憶の中の殺人
内田康夫　北国街道殺人事件
内田康夫　「紅藍《くれない》の女《ひと》」殺人事件
内田康夫　「紫《むらさき》の女《ひと》」殺人事件

内田康夫　藍色回廊殺人事件
内田康夫　明日香の皇子
内田康夫　華の下にて
内田康夫　黄金の石橋
内田康夫　靖国への帰還
内田康夫　不等辺三角形
内田康夫　ぼくが探偵だった夏
内田康夫　逃げろ光彦〈内田康夫と5人の女たち〉
内田康夫　悪魔の種子
内田康夫　戸隠伝説殺人事件
内田康夫　新装版 死者の木霊
内田康夫　新装版 漂泊の楽人
内田康夫　新装版 平城山《ならやま》を越えた女
内田康夫　秋田殺人事件
内田康夫　孤道
和久井清水　孤道 完結編〈金色の眠り〉
内田康夫　イーハトーブの幽霊
歌野晶午　死体を買う男
歌野晶午　安達ヶ原の鬼密室

歌野晶午　新装版 長い家の殺人
歌野晶午　新装版 白い家の殺人
歌野晶午　新装版 動く家の殺人
歌野晶午　密室殺人ゲーム王手飛車取り
歌野晶午　新装版 ROMMY 越境者の夢
歌野晶午　増補版 放浪探偵と七つの殺人
歌野晶午　新装版 正月十一日、鏡殺し
歌野晶午　密室殺人ゲーム2.0
歌野晶午　密室殺人ゲーム・マニアックス
歌野晶午　魔王城殺人事件
内館牧子　終わった人
内館牧子　別れてよかった〈新装版〉
内館牧子　すぐ死ぬんだから
内田洋子　皿の中に、イタリア
宇江佐真理　泣きの銀次
宇江佐真理　晩鐘〈続・泣きの銀次〉
宇江佐真理　虚ろ舟〈泣きの銀次参之章〉
宇江佐真理　室の梅〈おろく医者覚え帖〉
宇江佐真理　涙堂〈琴女癸酉日記《ことじょきゆうにっき》〉

講談社文庫　目録

宇江佐真理　あやめ横丁の人々
宇江佐真理　卵のふわふわ　八丁堀喰い物草紙・江戸前でもなし
宇江佐真理　日本橋本石町やさぐれ長屋
浦賀和宏　眠りの牢獄
上野哲也　五五五文字の巡礼〈魏志倭人伝トーク　地理篇〉
魚住　昭　渡邉恒雄　メディアと権力
魚住　昭　野中広務　差別と権力
魚住直子　非・バランス
魚住直子　未・フレンズ
魚住直子　ピンクの神様
上田秀人　密封〈奥右筆秘帳〉
上田秀人　国禁〈奥右筆秘帳〉
上田秀人　侵蝕〈奥右筆秘帳〉
上田秀人　継承〈奥右筆秘帳〉
上田秀人　簒《さん》奪《だつ》〈奥右筆秘帳〉
上田秀人　秘闘〈奥右筆秘帳〉
上田秀人　隠密〈奥右筆秘帳〉
上田秀人　刃傷〈奥右筆秘帳〉
上田秀人　召《めし》抱《かかえ》〈奥右筆秘帳〉

上田秀人　墨《ぼっ》痕《こん》〈奥右筆秘帳〉
上田秀人　天下〈奥右筆秘帳〉
上田秀人　決戦〈奥右筆秘帳〉
上田秀人　前夜〈奥右筆外伝〉
上田秀人　軍師の挑戦〈上田秀人初期作品集〉
上田秀人　天主信長〈表〉〈我こそ天下なり〉
上田秀人　天主信長〈裏〉〈天を望むなかれ〉
上田秀人　波乱〈百万石の留守居役㈠〉
上田秀人　思惑〈百万石の留守居役㈡〉
上田秀人　新参〈百万石の留守居役㈢〉
上田秀人　遺臣〈百万石の留守居役㈣〉
上田秀人　密約〈百万石の留守居役㈤〉
上田秀人　使者〈百万石の留守居役㈥〉
上田秀人　貸借〈百万石の留守居役㈦〉
上田秀人　参勤〈百万石の留守居役㈧〉
上田秀人　因果〈百万石の留守居役㈨〉
上田秀人　忖《そん》度《たく》〈百万石の留守居役㈩〉
上田秀人　騒動〈百万石の留守居役(十一)〉
上田秀人　分断〈百万石の留守居役(十二)〉

上田秀人　舌戦〈百万石の留守居役(十三)〉
上田秀人　愚劣〈百万石の留守居役(十四)〉
上田秀人　布石〈百万石の留守居役(十五)〉
上田秀人　乱麻〈百万石の留守居役(十六)〉
上田秀人　要《よう》訣《けっ》〈百万石の留守居役(十七)〉
上田秀人　梟《ふくろう》の系譜〈宇喜多四代〉
上田秀人　竜は動かず　奥羽越列藩同盟顛末　(上)万里波濤編　(下)帰郷奔走編
上田秀人　戦端〈武商繚乱記㈠〉
内田　樹　下流志向〈学ばない子どもたち　働かない若者たち〉
内田　樹／釈　徹宗　現代霊性論
上橋菜穂子　獣の奏者〈Ⅰ闘蛇編〉
上橋菜穂子　獣の奏者〈Ⅱ王獣編〉
上橋菜穂子　獣の奏者〈Ⅲ探求編〉
上橋菜穂子　獣の奏者〈Ⅳ完結編〉
上橋菜穂子　獣の奏者〈外伝　刹那〉
上橋菜穂子　物語ること、生きること
上橋菜穂子　明日は、いずこの空の下
上野　誠　万葉学者、墓をしまい母を送る
海猫沢めろん　愛についての感じ

2022年12月15日現在